D0716473

ESPACES À OCCUPER

JEAN PIERRE GIRARD

Espaces à occuper

nouvelles

seconde édition

L'instant même

Maquette de la couverture : Anne-Marie Guérineau

Illustration de la couverture : Carte/Plan, culture X, *1988, de Richard Purdy*
Techniques mixtes (45,5 × 60,7 cm)
Collection Prêt d'œuvres d'art du Musée du Québec (CP.88.06)
Photographe : Jean-Guy Kérouac

Photocomposition : Imprimerie d'édition Marquis

Distribution pour le Québec : Diffusion Dimedia
539, boul. Lebeau
Saint-Laurent (Québec)
H4N 1S2

Tous droits de traduction, de reproduction et d'adaptation réservés

© *Les éditions L'instant même*
C.P. 8, succursale Haute-Ville
Québec (Québec)
G1R 4M8
Dépôt légal — 4ᵉ trimestre 1993

Données de catalogage avant publication (Canada)

Girard, Jean Pierre, 1961-

Espaces à occuper : nouvelles
2e éd.

ISBN 2-921197-33-2

I. Titre.

PS8563.I7154E86 1993   C843'.54   C93-097265-1
PS9563.I7154E86 1993
PQ3919.2.G57E86 1993

La publication de ce livre a bénéficié de l'aide financière du Conseil des Arts du Canada et du ministère de la Culture du Québec.

À ceux qui n'ont pas le temps

La route se distingue du chemin non seulement parce qu'on
la parcourt en voiture, mais en ce qu'elle
est une simple ligne reliant un point à un autre. La route n'a
par elle-même aucun sens ; seuls en ont les points qu'elle
relie. Le chemin est un hommage à l'espace. Chaque tronçon
du chemin est en lui-même doté d'un sens et nous invite à la
halte. [...] Avant même de disparaître du paysage, les
chemins ont disparu de l'âme humaine : l'homme n'a plus le
désir de cheminer et d'en tirer une jouissance. [...] Le temps
de vivre s'est réduit à un simple obstacle qu'il faut surmonter
à une vitesse toujours croissante.

Milan Kundera
L'immortalité

Je le ferai aussi pour mon orientation, étant donné
que je dois vivre, que je suis déjà en dérive et que dans
la vie comme dans le monde, on ne dispose que d'une
étoile fixe, c'est le point d'origine, seul repère
du voyageur. On est parti avec des buts imprécis,
vers une destination aléatoire et changeante que le voyage
lui-même se chargera d'arrêter. Ainsi l'on va, encore
chanceux de savoir d'où l'on vient.

Jacques Ferron
L'amélanchier

L'IMPOSTURE

Soirée barattée

Sur cette musique-là
Avec un vieux chanteur qui trafiquait sa voix
L'un contre l'autre enlacés pour une autre fois
L'un contre l'autre chacun pour soi

Michel Sardou
Mélodie pour Élodie

Nous sommes rapidement tombés d'accord : préférable de ne pas *coucher* ensemble (« Plus personne ne *couche*, han-han, c'est débile, d'accord avec toi... ») mais... *coucher*, on aurait le temps de voir : pas s'embêter avec ces trucs, pas tout de suite.

Du même avis, tous les deux, sur le temps de voir, sur les trucs, sur la façon de prononcer *coucher*. Elle a déposé sa main sur la mienne. Elle souriait comme une branche d'épinette bleue dans un sous-bois, tordue par les voisins qui poussent, parfaitement satisfaite de la place de son tronc dans l'humus, totalement heureuse de la lumière qui de temps à autre fend le rideau de feuillages, l'accueillant, cette lumière, sur elle, en elle, comme un prêt sans intérêts. Sa peau brillait, douce et noire, sous les néons, entre les éclairs d'un cristal de bar qui tournait tellement trop vite pour le blues. Nous étions très sincères, elle surtout.

La musique tombait « drette sur le paqua », c'est moi qui l'ai dit, je parlais pour moi. Elle a ri, ne connaissait pas l'expression, a demandé si le *paqua*, par hasard, ne voisinerait pas avec les nerfs.

J'ai trouvé à son ignorance un côté exotique absolument redoutable, moi qui en avais pourtant vu d'autres. On s'est glissés hors de la boîte pour monter peu après chez elle, elle habitait tout près depuis quinze jours, pour encore quinze jours (« Peut-être... »). En vadrouille, je pense, c'est-à-dire sur la go, je pense, c'est-à-dire qu'elle errait, comme vous, comme moi, et s'en crissait, comme vous, de moi. Elle m'a servi un boire pas piqué des vers, semblable dans le goût à ceux que mon vieux s'envoyait en douce. Je l'ai avalé d'une traite, je crois, mais je ne gagerais rien là-dessus, je ne suis pas certain. En tout cas, ça m'a *rincé la canisse jusqu'à profond*. À la tienne, le père, ai-je pensé. Elle a dit : « Tu m'as parlé ? » J'ai vacillé sous la question.

La neige tombait dans la chambre par la fenêtre entrebâillée. J'ai demandé : « C'est quoi l'idée de la fenêtre toujours ouverte ? » J'ai chuchoté : « Faut pas payer un appart, dans ce cas-là ; aussi bien s'étendre de travers au pied de la statue de Duplessis... » Elle n'a pas semblé m'entendre. Fixant le fleuve en contrebas, elle a tendu sa main noire et elle a regardé les flocons se poser puis fondre dans sa paume en parlant de son attirance pour les contrées glaciales, en évoquant les pays qu'elle aimerait pédaler à nouveau, dont le sien, un îlot où c'était toujours l'été mais sur lequel un malade-dans-tête faisait durer l'hiver à l'année. Elle a dit : « C'est qui ce type dont tu parles, Duplessis ? »

J'ai eu une attaque d'amour, une capable, et l'envie cannibale de fixer cette femme sur place : une aquarelle, une photo, un haïkaï, à la limite un très court métrage, vraiment n'importe quoi, c'est-à-dire que tout aurait suffi, c'est-à-dire que j'aurais pu la prendre dans mes bras et la serrer jusqu'à la perdre, ou dès lors l'égorger, je pense, mais il aurait fallu qu'elle le demande très gentiment, bien entendu, ou encore la pendre, oui la pendre, pour la vidanger de son vieux sang, la nettoyer, l'installer pour de bon sur le socle de brume que déjà je lui élevais. Je lui ai révélé toutes mes belles pensées.

Elle m'a regardé comme un jouet sans piles, et dans ses yeux fondants j'ai pu lire : *Bien sûr..., bien sûr.*

Mon insignifiance s'est découpée dans sa pupille, comme une lame de scie à ruban qui jaillirait de sa tête pour tracer mes contours, mes contours à moi. Mon insignifiance est devenue très claire, très légère, elle s'est disloquée de son œil à elle et s'est poussée dans la nuit pour disparaître au-delà du pont Laviolette, je crois bien, vers l'ouest en tout cas.

Plus tard, cette femme s'est étendue dans son lit, moi sur un matelas qui m'attendait ; c'était au moins divin, exactement comme on avait dit que ça devait se passer, totalement incroyable, comme je n'aurais pas cru possible.

Deux heures avant l'aube, quand je me suis approché d'elle, je sanglotais depuis un bon moment. Je suis demeuré debout et nu dans le courant d'air jusqu'à ce que mes pleurs l'éveillent. Je n'étais pas très chaud à l'idée qu'elle me connaisse dès lors sous ce jour, je veux dire la mine torturée, le sanglot poussif, la déconfiture imminente, l'insomnie besogneuse quoi, mais après qu'elle eut ouvert les yeux, j'ai décidé en coup de fouet que je ne dissimulerais pas mes larmes, quand même, pas à cette femme. Elle était femme à voir mes larmes en face, alors j'ai laissé couler, à rendre l'âme j'ai pleuré, je confirme, j'assume, c'est ce qui s'est passé.

Elle a soulevé un coin de sa catalogne. Je me suis allongé. Elle a posé ma tête sur son sein. Ses draps sentaient la chasse à courre, je n'y peux rien. Au fil de ma veille, j'ai lentement laissé ma main descendre plus bas, comme vers le grille-pain du monde, là où elle voulait se rendre, par le sable et les éléments brûlants attirée, jusqu'à la truffe humide de Finette qui léchait ses chiots aveugles sous la galerie. Cette femme, en ouvrant ses cuisses, m'a recouvert les épaules, je pense que c'était son bras, elle a pressé ma peau, l'a confessée, je dirai, de toutes ses forces je crois, elle a... je... Je.

Je merde.

Je shit de merde.

Je me contretorche de me rappeler si c'était de toutes ses forces, si c'était vraiment une confession, si c'était réellement son bras ou le poids de ses hiers et des miens qui pesait sur mes omoplates, faut... faut deviner ce que je veux dire, même si je m'empêtre dans ce que j'aurais dû biffer de cette soirée, même si j'exagère déjà.

Elle fredonnait. Je suis presque certain que c'était elle parce que ce n'était pas moi. Elle a laissé sa main sur ma tête, moi ma tête sur sa poitrine, et elle m'a bercé, j'en suis sûr, longtemps, le doux et long temps qu'un chinook jaillisse de sous ses draps blonds et qu'un banc de neige grand comme un carreau d'étoffe tissé serré fonde sur la moquette usée. Ç'a été vite consommé. Elle n'y était pour rien. Moi pour pas grand-chose, si je ne m'abuse.

Elle a laissé ses yeux s'égarer dans la neige, au-dessus du fleuve. Je n'étais nulle part, pour elle. Ces choses-là se devinent, je vous assure. Je pense qu'elle a chuchoté :

« Toujours prête à bercer, toujours, qui est prêt à l'être », puis elle s'est assoupie et j'ai préféré, vous comprenez ?

À l'aurore, mes joues étaient sèches et j'en ai eu assez du souvenir de mes larmes. Je me suis levé en voleur et je suis parti. Je veux dire : je me suis levé, j'ai observé cette femme un tout petit quart d'heure, j'ai enfilé mon lainage et mon parka, imaginé certaines évidences aussitôt larguées sur une feuille blanche lignée, feuille que j'ai déchirée et jetée à la corbeille — en échappant quelques-uns de mes restes, deux ou trois morceaux de papier ligné, sur la moquette, près de la corbeille —, et je suis parti. Comme un Petit Poucet qui laisse mille traces, mille lectures, une piste vers la poubelle, pour y commodément revenir, un imbécile incapable d'arrêter une seule fois son avis et son désir.

Dès que la lourde porte de métal — semblable à celle du séminaire, souvenez-vous — s'est refermée derrière moi, dès le définitif clic de la clenche, j'ai eu la chair de poule, un frisson d'arrière-pays. J'ai ressenti le faux, une cascade dans mon dos, le composé, comme une couleuvre, et je me suis demandé si j'avais versé de vraies larmes, écrit de vrais mots, laissé derrière un lambeau de ma vraie peau, et puis, quoi qu'il en soit, si ça valait la peine, s'il n'existait pas d'autres moyens, si j'avais le choix.

J'ai réalisé qu'à nouveau j'en sortais intact et ç'a été en masse suffisant pour que je panique. J'ai voulu revenir mais c'était fermé à clef ; j'ai voulu cogner mais dès le second coup me suis brisé la main. Et je comprends très bien cette femme de ne pas s'être éveillée au premier ; je ne lui en veux pas.

Sur le seuil, j'avais froid, c'était dément, j'étais gelé, gelé dur, et j'avais mal à la main sans savoir alors pour la cassure.

Une charrue poussait tout ce qu'elle pouvait rue des Ursulines.

Le Vieux-Trois-Rivières, ça je peux le jurer, puait l'ensilage mal aéré et le mil de deuxième coupe fauché trop tard, pressé humide, engrangé tel quel : des balles trop pesantes, surchauffées, dangereuses pour le feu, empaquetées avec de la corde de brêle qui scie les doigts, même avec des gants ; des balles même plus assez bonnes, c'est dire, trop poussiéreuses passé décembre, pour la couche des génisses. La ville sentait la vidange oubliée dans le hangar, fendue pis étendue par les matous, le dépotoir où on tire les rats pis les siffleux à coups de 0,22, de bonne heure le samedi matin ; la ville puait la pulpe, la pitoune, le papier, le fumier de poule un lendemain de pluie. Me tenait à la gorge, la ville, mon père aurait peut-être dit : *La ville te pogne drette à gorge, tit-gars.*

Douze abeilles fin saoules lâchées lousse dans l'air glacial butinaient une bouche d'égout qui crachait sa boucane devant la Maison des vins, ça buzzait sérieux dans l'aube, c'est sûr, mais je ne suis pas certain qu'elles aient été vraiment douze, parfaitement saoules, tout à fait abeilles, ces abeilles, je me demande, je me demande où ma mémoire s'enfarge dans cette soirée qui veut pas finir.

Sainte-Marcelline – Joliette
mai 1990 – octobre 1991

L'écoute active

Combien sommes-nous, dans le tumulte de ce café hullois, autour de cette table ?

Bernard s'adresse à moi, d'abord se raconte, m'apprend pour Barcelone, pour le prochain Noël, pour cette vie de bohème dont il semble si fier, et glisse ensuite vers la littérature. C'est par là qu'il voulait dès le début transiter, ce cher petit, pour en venir à moi, déverser la flopée de questions qui me concernent, si par exemple je considérerais « approprié », c'est le mot qu'il emploie, de conserver copie de ma correspondance, lui ne peut s'empêcher de le faire, qu'est-ce que j'en pense ? Il avoue que ses lettres tiennent lieu de journal, en somme, et que ce double statut le travaille au corps. Il doute.

Je sais que l'Anglaise, en retrait, bien que soutenant la discussion avec sa voisine, ne perd pas un mot de notre conversation. Qu'elle est belle, l'Anglaise. Sa voix brisée s'infiltre dans mes cheveux, la patine de ses mots se loge dans mon blouson, ses doigts apprivoisent l'anse de sa tasse avant chacune de ses courtes gorgées, elle est exquise et ne fait rien pour.

Mais Bernard...

Je réagis à vitesse étudiée, me pince les lèvres, feins de me plonger dans la recherche d'une réponse, dans la vitrine, fixe à nouveau Bernard, et sur le tas je façonne ma conviction.

Je la glisserai bientôt entre les volutes de son cigarillo. Encore une seconde et je rassurerai Bernard pour gagner sur tous les fronts, je le bercerai de quelques mots choisis parce que ses yeux cherchent et qu'il est vulnérable, lui aussi, et qu'il ne le cache pas, enfin pas trop. Je questionnerai sa démarche mais ce faisant la validerai : « Si tu tiens à photocopier ces trucs, tu es libre... », puis je l'interrogerai sur un aspect, ma foi, sûrement pertinent de l'affaire : « ... mais la correspondance, Bernard, un genre littéraire tant que tu veux, mais un genre que le dérapage vers ce que tu appelles la littérature va pourrir..., fatalement..., tu ne crois pas ? C'est beaucoup plus un don. Pire que ça, pas seulement un don, une offrande. Même si plus souvent qu'autrement, c'est du côté de l'écho qu'il faut chercher quand on parle de correspondance. Anyway, une offrande, sinon ça aurait pas de maudit bon sens. »

Des évidences qu'il n'aura pas encore envisagées ou dont il me laissera croire être le révélateur, mais peu importe. Dans une seconde, voilà, la prochaine, je dirai.

J'ai parlé assez fort, juste ce qu'il fallait, j'ai haussé le ton au bon moment, chuchoté la bonne phrase, assez bien réglé ma respiration, et mes mots les plus appuyés ont percé l'air, je le sais, vers leur véritable destinataire qui ne fait plus mine d'ignorer ce qui se passe. Je n'ignore plus, pour ma part, ne me cache plus, que c'est droit vers son lit que je parle. Mon manège la trouble, elle, en retrait, qui se dissimule, se retient, s'en veut peut-être déjà d'avoir entendu, d'avoir eu envie d'entendre, d'avoir deviné, d'avoir joué le jeu. Et mon manège m'emporte aussi.

J'éprouve ce soir un inattaquable besoin d'oubli.

Je ne me sauve pas à toutes jambes, je ne renverse pas les tables et les gens, je ne critique ni ne bouscule quoi que ce soit. Je reste assis et je persiste à tresser sous la vérité des filins de mensonges. Ils supporteront peut-être l'Anglaise, tout à l'heure, quand nous y chuterons.

Elle dépose un à un ses coudes sur la table ronde et verte, se penche ostensiblement vers nous, se mêle de corps à la conversation, du haut de sa tour me sourit, et nos yeux végètent déjà, c'est moi qui le crois, dans le smog de Londres, à des milles de Hull, dans le mimosa de sa chambre. Je continue de parler à Bernard. Je sens le genou de l'Anglaise sur ma cuisse.

Bernard se lève au milieu de ma phrase, nous embrasse tous les deux, s'en va. Il semble assez satisfait.

Sainte-Marcelline – Joliette
janvier – septembre 1991

Manuel d'abandon (?) de carrière (?)
20 leçons simples

À Lorrie Moore

Il me faut dissocier les éléments, les rassembler, en écarter, ajouter, délaisser, inventer peut-être, jeu par lequel j'arrive parfois à faire passer le ton le plus vrai, qui n'est dans aucun détail ni même dans l'ensemble, mais quelque part dans le bizarre assemblage, presque aussi insaisissable lui-même que l'insaisissable essentiel auquel je donne la chasse.

Gabrielle Roy
La détresse et l'enchantement

Leçon 1

• Attendez une période de votre vie où les événements se bousculent, où toutes vos lignes ramènent une prise, où tout déboule autour et sur vous (ça va venir, ne vous inquiétez pas). • Acceptez toutes les propositions parce que regimber c'est ménager la chèvre et le chou : pas du jeu. • Cinglez vent debout dans le sillage de vos consentements, entre les mines marines de cette époque critique où l'on a entre autres à nouveau désespérément besoin d'être à demi-mot rassuré sur sa propre valeur. • Envoyez paître les fats et autres tordus qui insinuent que votre enfance gît au cœur du problème, que vous paierez bien vos bêtises un jour et que le fond de l'air restera frais malgré vous. • Feuilletez à brûle-pourpoint une jeune nouvelliste américaine. Bang. (Cette fois, vous êtes mûr : illumination et canon tronçonné vous guettent, se rient de vous ; à votre grande stupéfaction, ils vous menacent avec infiniment plus d'imminence qu'en ces temps récents où tout foirait. Mais heureusement, veinard, cette fille est du béton.) • Bang, donc. Sourcillez imperceptiblement et encaissez sans broncher (on vous voit peut-être) : une Dieu sait qui du Wisconsin dépèce-chlik votre vie-chlak en vingt lignes, fait de la chair à pâté de vos aspirations jusque-là légitimes et parfois célébrées, exprime ixe fois mieux que vous ce que vous vous désâmez sporadiquement à nommer depuis les poèmes offerts à votre mère en troisième année. • Gardez votre calme. (Vous êtes jaloux, pauvre bête.) • Crânez un moment. • Arpentez la pièce en fredonnant la mélodie qui vous hante depuis votre enfance. • Plus tard, relisez le décapage. • Tombez des nues sans plus vous gêner cette fois parce que : 1) bon, personne ne vous voit broncher, et ça intéresse peu de gens, faudra vous y faire ; 2) parce que ; 3) fuck, qu'est-ce que ça pourrait faire qu'on vous observe et juge et raille, hein ? • Si vous levez un *Pourquoi ?* dans vos entrailles ou à la cave en descendant chercher un rouge, tirez, pas de quartier, pas de prisonnier, mais tirez ! merde ! sinon c'est lui qui vous piégera.

Leçon 2

• Cédez à l'impérieuse envie d'être préoccupé par tout ce qui pourrait ne pas exister au Wisconsin. • Mourez de faire l'amour, quelque chose d'humain, total et imparfait, entre le cul pur et le Aum contemplatif. • Enlevez votre slip avec précaution pour ne pas nuire au sommeil de cette femme allongée près de vous (celle-là même en laquelle l'incontournable avec un grand A — en la fureur duquel vous avez manifestement toujours foi — semble incarné pour un bail à long terme, ce qui n'est pas peu dire mais constitue une tirade susceptible d'étayer plus fermement encore votre réputation déjà surfaite la prochaine fois que vous descendrez brosser au festival d'été de votre patelin natal). • À propos de la femme et de l'amour, demandez-vous si ça vaut la peine de la tirer des limbes pour ça, pour vous, pour rien. • Prenez la mesure de votre indigence (propre et figurée) quand vous laissez ainsi filer les érections en vous administrant des questions où le Barbifiant le dispute au Débile léger. • Ne vous masturbez pas, eh. • Dessillez enfin les yeux : certains relais capitaux de l'existence sont affaire de synchronisme et de disponibilité, de temporalité et d'ouverture, de baraka et de guts, comme des moments qu'il eût fallu saisir, des extases indicibles qui avec l'objectif ultime n'ont rien à voir, frayant plutôt d'heureuse grâce avec l'espace à occuper au cours du voyage, chemin faisant. • Relisez ça, clignez des yeux, passez une ligne et grafignez à l'endos d'un chèque invalidé que ça vous inquiète assez de constater a posteriori votre recours inconscient au plus-que-parfait du subjonctif. • C'est grave, certes, mais assoupissez-vous quand même là-dessus, presque quiet, l'illusion d'avoir enfin posé la main sur un concept faisant office de cataplasme à la verticale du plus douloureux de vos ulcères. • Jaillissez du sommeil avant l'aube, avant tout le monde, avant le type que vous étiez au moment de vous endormir. • Ne vous rappelez aucun de ses rêves. • Consignez dans votre douzième cahier intime depuis

le dix août 1983 que vous ne vous rappelez aucun des rêves
de cet acteur.

Leçon 3

• Voyez un film («ou bouffez une *pidz...*») avec quelqu'un dont vous pourriez devenir le copain si vous étiez un
type normal et que lui-même y mettait un peu du sien. • Au
milieu de la projection, hochez la tête et chuchotez : « Non...
Non. » • Crevez l'écran d'un de ces regards dénués de sens
dont vous cultivez le secret, levez-vous et gagnez la rue en
pensant que les sorties du genre n'en donnent évidemment
pas un très beau — de genre —, mais que ça fait toujours ça
de gâché. (Si c'est la *pidz*, repoussez l'assiette, mettez en
doute la sincérité de votre compagnon, étalez votre douleur
en déversant votre fiel sur une connaissance commune, sno-
bez le garçon de table et sortez en laissant une fortune dans
l'assiette à pain.) • Ralentissez afin que l'ami vous rejoigne
in extremis dans la rue et vous glisse : « Bien sûr, on part...,
oui, bonne idée... De toute façon j'aime pas ce réalisateur
polonais. On prend un..., on prend un verre ? » • Refusez le
verre, refusez le regard, refusez le bras autour de votre
épaule, refusez l'obscurité de la nuit et la clarté du jour.

Leçon 4

• En rasant les murailles d'une ville vide pour dénicher
quelqu'un qui vous pardonnerait, soyez terrassé par l'idée
que ça aurait dû vous sauter dans la face depuis les poèmes
de troisième année : si vous descendez ainsi en rappel dans
la cheminée de l'écriture (d'alpinisme, la cheminée, prenez-
vous soin d'indiquer dans votre journal), c'est qu'apprêter la
réalité ne vous effraie pas outre mesure, que vous ne voyez
pas d'autres moyens raisonnables de vous en tirer et que

louvoiements et tergiversations constituent les seules ave-
nues carrossables vers cette hypothétique Vérité de vos deux
dont vous ne vous câlissez pas qu'un peu, parfois. • Ne cher-
chez pas à comprendre d'un seul coup tout ce dont vous prenez conscience, contentez-vous de saisir que la compréhen-
sion n'est qu'une des voies — et de service, par surcroît,
quand ce n'est pas un chemin de traverse qui mène aux con-
fins de la bêtise. • Votez pour un cognac double dans un tri-
pot sordide. • Encouragez du regard la probablement fausse
mais assurément grosse rouquine éveillée telle une sentinelle
à la vue du billet tango avec lequel vous avez payé le verre.
• Griffonnez que *Billet tango* fera un super titre provisoire
pour n'importe quoi. • Racontez au barman qu'un plan
séquence en contre-plongée d'un plumitif fauché réglant
pourtant son Hennessy avec un cinquante — soulevant par le
fait même l'intérêt d'une énorme pute de la *main*, gentille
fille au fond — serait certes un poncif propre à tuer dans
l'œuf toute carrière digne de ce nom, mais donnerait par contre naissance à une bande-annonce potable pour un téléfilm
à fourguer à une des sociétés d'État (« Pendant qu'on en a
deux ! HA, HA ! Ha, Ha... Ha. Ouais... ») à cause du sex-
appeal et des miroirs dont cette pétasse et ce trou sont
dépourvus mais que vous ne manqueriez pas d'ajouter, vous,
dans le film, et ce ne serait pas du tout trafiquer la réalité,
qu'est-ce que vous allez chercher là ? • Payez une eau miné-
rale au barman, s'il est d'accord, et promettez-lui d'éviter
désormais les phrases interminables.

Leçon 5

• D'une brassée de foncé à une autre de pâle, la littérature
commet sa part et arrive à dégager un peu d'amour et de connaissance de cette mare de boue dans laquelle vous pataugez

— non sans quelquefois y aller vous-même de votre petite saloperie personnelle. • Demandez-vous pourquoi, en ce cas, elle génère itérativement à votre surface des boutons de colère, d'amertume, de dépit, et l'envie lascive de miner les claviers de ces guédounes, ces histrions pathétiques qui pour un rien se travestissent en enseigne de barbier, après avoir soudé à l'arc sur leur tabulateur-postiche leurs index exempts d'empreintes véritables. • Ne vous vantez devant personne de ces compréhensibles accès de dégoût. • Concluez que l'amour et la bombe sont voisins de palier. • Notez ça, vite, notez ça. (Quand même, *histrion* vous chicote : comparez *Robert* et *Larousse*.)

Leçon 6

• Ne concevez rien de plus beau à caresser, de plus doux à contempler (même pas le manche en hickory d'une hache de quatre livres, même pas cent trente arpents d'orge battus par la bourrasque au crépuscule de juillet, même pas le poitrail blond sablé de votre *golden*, rien), que la courbe inférieure — peut-être légèrement plus arrondie, cette année, c'est vrai — du sein gauche de la femme de votre vie quand elle sommeille sur le dos et qu'en son corps paisible soulevé par l'innocente respiration de tout être endormi se dessine un pan de monde inéluctablement dissipé par la moindre pointe de la moindre aurore. • Profitez du sommeil de cette femme pour chuchoter très très bas que vous l'aimez maintenant comme tous les deux rêviez jadis que vous l'aimeriez maintenant, mais avec certaines nuances sans importance dont il ne vaut plus la peine de parler. • Ajoutez, encore plus bas si c'est possible, que, d'ailleurs, vos espoirs d'antan sont de la petite frappe. • Si vos séismes l'éveillent, eh ben profitez de ses vapes pour lui confirmer que vous êtes un peu comme elle, que vous voulez des enfants, une maison, peut-être un *Hibachi*, ça dépend du prix. • Rappelez-vous que vous n'êtes pas un salaud au sens du dictionnaire, en tout cas pas pire que d'autres, en tout cas honnête avec vous-même, en tout cas le seul qui souffre vraiment de la situation, en tout cas que votre mère devrait l'ignorer jusqu'à sa mort. • Reconnaissez-vous mégalo, schizo, parano (appliquez autant de baume que nécessaire) et pessimiste au printemps. • Questionnez la pertinence du caractère incessant de l'écartèlement auquel vous vous soumettez sans doute de bonne foi. • Profitez du moment d'humanité consécutif à la phrase précédente pour songer un instant à donner du temps à Albatros 04 ou pour devenir membre d'A.I. • Louchez vers la réincarnation dans un objectif bassement intéressé : vous ne voyez pas ce que vous avez pu perpétrer comme innommable vacherie pour mériter *ça*, et la réincarnation offre l'avantage de saupoudrer la faute sur plusieurs dos — et à travers les âges en plus, juste retour des choses. • Supprimez les manches d'un T-shirt noir, faites craquer vos jointures, relevez le menton, fermez les paupières et, une fois votre personnage au point, expédiez avec une réelle timidité la lecture publique à laquelle on vous a si aimablement convié. • Aussitôt sorti de là, commandez un boire expéditif dans la première gargote venue en déconnant sur le déluge. • Faites un dix de change pour le juke-box et le pool puis cassez en cadence, avec Marjo, en gnougnoussant que ça, sans doute, c'est vrai, ça oui, enfin, vrai, au moins, ça, oui, ça, c'est. Oui. (Carrément spirituel, quand vous voulez, impayable même, peu de types aussi bath que vous, tiens, vraiment très peu, vous en êtes sûr, vous vous le jurez.) • Pensez rejoindre les vécés dans l'espoir dément d'au sortir heurter cette sémillante brune aux boucles d'oreilles nickel disparue dans les toilettes pour dames.

29

• Soyez persuadé que cette minette — *combine la 1* — trippe à mort sur Marjo, qu'elle vous a remarqué — *cross-coin la 6* — dès votre arrivée, qu'elle vous mange des yeux — *la 3 deux bandes dans le side* — avec un appétit au moins aussi patenté que le vôtre, qu'elle poursuit les mêmes rêves étranges et range les armes, vaincue pour un soir, les mêmes soirs que vous — *la 8 direct*. • Jusqu'à nouvel ordre, refusez que des enfants vous dévisagent.

Leçon 7

• Constatez que vos amis disparaissent, conquis par la ferveur dévorante de la vie fuyante et à saisir avant la fin des haricots, ou alors tenus à l'écart par vos quêtes dorénavant au grand jour étalées : arriver à dire les choses (comme vous seul êtes en mesure de les dire), nommer (quand vous croyez y parvenir, vous avez beau faire, vous craignez moins), et témoigner (ouais, témoigner, bête de même, chacun sa croix). Oh, ils vivent, bien sûr, les amis, jouent au tennis, au volley, à la slow-pitch, là-bas, loin. Peut-être encaissent-ils comme un soufflet votre recherche de style, peut-être croient-ils que vous les tenez volontairement à distance, que vous en mettez, que vous devenez fendant et pétez plus haut que le trou. En fait, peut-être les mots s'immiscent-ils désormais entre vous et les empêchent-ils de voir que vous changez. • Faites-vous une raison et décidez que la vie qui s'enfuit et la peur d'être atteint, ce sont des choses qui arrivent : pas un drame. • Concluez que l'amitié elle-même ne résiste pas devant le spectre de la mort et que si, pour l'entretenir ou la protéger, vous deviez troquer l'intuitif pour le discursif ou le propos pour le mot, eh bien..., ce serait d'une sottise consommée. • Ce concluant, demandez-vous ce que vous possédez d'assez dérangé dans la caboche pour imaginer que

n'importe qui pourrait vous trahir et l'ignorer sa vie durant.
• Admettez que l'armée de psys présentement à la tâche parviendra sans doute un jour à faire considérer sain de bander en lisant un vieil essai de physique quantique (pour les tréfonds de l'âme humaine, petite tête, bye, vous êtes à des milles). • Postez une série de lettres en attendant qu'on y réponde (ouvrez vos propres missives, parfois, un peu inquiet, et refermez-les, toujours, ayant précisé quelque insignifiance, un peu moche). • Restez cruellement interdit devant l'hermétisme des réflexions de cet ami qui vous veut du bien : « Fuite abandonnante de soi vers un lieu neutre (le dessaisissement de soi), recherche de soi (s'apercevoir nu, dépouillé de son moi) et retour vers soi (débarrassé de l'être psychologique) et vers l'autre. » • Essayez à vous en maudire de comprendre sans tilter. • Aspirez profondément à plusieurs reprises, plusieurs jours d'affilée. • Faites du ketchup vert avec la balance des tomates du jardin. • Procurez-vous des tas de livres achetés flambant neufs par principe et du fiorinal via un pote médecin qui a la déontologie à la même place que vous. • Bercez-vous sauvagement devant une montagne qui ferme sa gueule sur les mystères de la vie. • Interrogez-vous : à quel moment avez-vous oublié le facteur humain de l'affaire, et n'est-il pas qu'un leurre, ce facteur, et qu'est-ce qu'un leurre, et que broutez-vous dans ce pacage à moutons, au fait ? • Jetez un septième coup d'œil vers la boîte aux lettres : oui ! drapeau rouge levé ! • Serrez sur votre cœur un compte du Bell au montant de 164,37 $.
• Essayez la Molson Dry.

Leçon 8

• Appréciez que les ronflements ténus de votre compagne occupent la part humaine du grondement nocturne qui vous tiendrait de toute manière éveillé. • Grattez-lui doucement le

31

cuir chevelu parce que vous l'aimez tendrement, cette femme qu'au bas mot le dixième de tous les autres hommes mériterait. • Jusqu'aux petites heures, toutefois, pensez à la Femme qui n'existe pas et dont les tendres ersatz sont venus ébranler à plusieurs reprises votre certitude de Son inexistence depuis que vous avez admis que le plus sage serait de ne rien espérer, ne rien poursuivre, ne pas faire de vague, d'acheter un REÉR autogéré. • Retournez-vous face au mur le plus près et pleurez jusqu'au débordement de votre nombril. • À l'aube, laissez-vous défoncer par l'évidence que Saint-Exupéry était une pourriture, un fumiste, un bel hostie, et que dans son cas, l'immortalité artificielle conférée par la publication prend des airs de cataclysme pour l'espèce humaine : un virus dont on ne dénombre plus les consentantes victimes candides naïves innocentes dans tous les sens. • Décidez que la grande morale de votre premier roman sera : On n'est *pas* responsable de ce qu'on a apprivoisé, C'EST PAS VRAI, à moins qu'on ait menti comme un député pour y arriver, et encore là, faudrait qu'un tiers impartial qui n'a rien à voir avec la magistrature prélève un échantillon des parois internes de la présumée victime et scrute au microscope la visqueuse tétine ainsi obtenue. • Assistez à une soirée vaudou. • Au retour, aspergez *Le Petit Prince* d'huile à moteur deux temps, sacrez-y le feu et ne dansez surtout pas à la vue du champignon de boucane : stoïque, laissez-le s'élever, se fendre, disparaître dans la nuit.

Leçon 9

• Appelez votre mère. • Répondez oui, ça va. • Répondez non maman, pas l'informatique. • Répondez oui maman, papa aurait été heureux que ça se fasse enfin. • Répondez bientôt, vous trouverez le temps d'aller chercher les quatorze sacs Provigo bourrés de bédés qui bloquent la conversion de votre ancienne piaule en chambre d'ami. • Inventez quelque chose d'urgent et raccrochez. • Rappelez votre mère et parlez d'abord. • Assurez-vous qu'elle possède toujours vos premiers écrits (des tounes composées dans le temps où le p'tit Simard et vous étiez « quasiment des jumeaux », dixitelle). • Feignez la surprise quand elle répond évidemment, qu'est-ce que vous croyez ? elle les conserve toujours, ces chansons géniales, dans le même carton indigo que la dernière fois où tante Graziella, dévouée tante Graziella, a demandé à les relire. • Susurrez que vous tenez absolument à les parcourir, assurez qu'il vous les faut, que votre carrière encore embryonnaire en dépend, promettez d'en prendre un soin jaloux, bref, déballez tout ce qui peut la culpabiliser et, dans l'air, tracez une croix sur votre âme. • Pifez qu'elle a du mal à se départir de ces reliques (soyez ému à l'autre bout du fil) et insistez comme seuls les benjamins savent, peuvent, osent, consentent et s'abaissent à le faire. (Manœuvrer afin que cette chère et toute jeune vieille dame croie vous apporter une aide précieuse est bien la moindre des choses, d'autant que c'est la vérité.) Abrégez parce que l'interurbain, hein ? O.K. ? on ne vous la refait pas. • À la réception du colis, ne déballez pas (votre nom sur une enveloppe, c'est parfois le fond du dalot, l'overdose, la preuve irréfutable de votre existence, et certains soirs dits, ça peut s'avérer assez-très-lourd, cette certitude). • Rangez le paquet dans l'espace laissé libre par *Le Petit Prince* consumé. • Soyez de pierre. • Signez-vous à nouveau, au cas où ça servirait à quelque chose, ce truc.

Leçon 10

• Profitez d'une absence prolongée de votre compagne pour former un cercle de pierres blanches dans la cour arrière, incendier son exemplaire du *Petit P.* en même temps que votre enfance, éplucher ses vieux journaux intimes et vous prendre pour le Tout-Puissant pendant que vous y êtes.
• Rappelez-vous que chaque seconde, sur terre, trois personnages fictifs viennent au monde et que dix pour cent des gens consomment quatre-vingt-dix pour cent de la littérature.
• Désespérez que votre compagne réintègre le logis et passez quatre jours entiers — à son retour — à exprimer de mille façons votre flamme sans concevoir l'utilité de faire l'amour. • À cause de ce qui précède, avouez devant un fragment — de miroir — que vous êtes soit un mec au poil, épatant, une véritable bénédiction quand vous vous mettez en frais, soit une épave totalement irrécupérable, c'est selon.
• Rendez-vous enfin compte qu'à force d'assurer votre avenir en étudiant, vous avez contracté une dette de douze mille dollars envers le gouvernement, et que, saint-simonac de bout d'viarge d'enflure, ce n'est une blague pour personne.
• Pensez pige, pensez enseignement, pensez scénario, ça conviendrait peut-être, et vous n'avez pas le choix.
• Décrochez des charges dans un cégep et concevez enfin la différence entre des cours de littérature et d'autres de français. • Risquez un mot sur les innombrables impostures dont vous avez parfaitement conscience d'être l'auteur, voilà, c'est fait, gagnez le premier maquis.

Leçon 11

• Avalez mouches noires, billevesées, mirages et espoirs — et même une fois un sale brûlot — en *courant jusqu'à tomber*, comme s'est tué à le gueuler Brel (qui en cet instant doit se bidonner haut et court, sur le seuil du Lieu, pendant que vous dépensez vos plus belles années à consigner semblables niaiseries). • Éprouvez un irrépressible besoin de dépaysement et de transparence : votre vie comme un dazibao ; des rizières plein la tête. • Comptez vos avoirs, compulsez les grilles de tarifs des agences aériennes et recomptez vos avoirs. • Ravalez votre besoin. • Renoncez à la Chine grâce à vos convictions politiques. • Pensez que l'absence, le rêve, les fées et la mémoire sélective, y a que ça de vrai et qu'ils vous sont financièrement abordables.

Leçon 12

• Soyez touché — allez, quoi, pas de ça, ébranlé, vous êtes ébranlé — par la proposition de ce type qui pourrait être votre copain quand il vous offre de participer à un numéro spécial d'une revue plutôt branchée sur un thème encore mal défini. • Interrogez-vous une seconde sur la valeur intrinsèque d'une écriture de commande (ou d'offre) et laissez l'éventuelle réponse aux théoriciens, aux éditeurs, aux subventionneurs, aux chefs de pupitres, aux vrais penseurs de la chose littéraire, à d'autres.

Leçon 13

• Venez-en à la plate conclusion que la faute qui vous accable est une maldonne dont vous n'êtes pas entièrement responsable, une erreur qui vous précède et vous survivra, une tragi-comédie dans la trombe de laquelle vous tournoierez quelques années encore, et puis c'en sera fini. (Vous rêvez, à vous, comme à un drapeau, en berne, qui flotte, dans le vent, qui claque, plutôt, et s'effiloche, point, alinéa.) • Demandez-vous combien de milliers d'heures encore, en tant que demeuré, vous nourrirez ces opinions pleines de pus

35

à propos de la faute et des conneries métaphysiques que son spectre vous pousse à regarder en face alors que les Canadiens (même avec Patrick E. Roy, millionnaire, devant le goal) perdent 4-3 à 3:08 de la fin, c'mon Habs. • Couchez sur une feuille qui ne vous a rien fait les assises d'un *Manuel d'abandon de carrière* dont le ton corrosif un tantinet réac vous poursuivra toute votre vie si vous êtes aussi verni que vous avez fini par le croire. (D'autant que l'abandon susnommé — future pierre angulaire du titre, d'ailleurs — n'est qu'une mascarade et que vous le saviez dès le départ, peau de vache. Le noir mue donc ici en son envers : comme prévu, le visage cache le loup, l'opaque révèle la lumière, les mots revendiquent le gouvernail. C'est le bordel, à nouveau. Faites quelque chose, bon sang... N'importe quoi. À la limite, larguez un point d'interrogation derrière *abandon*, et encore un autre, n'importe où, et disparaissez dans les champs de coton.)

Leçon 14

• Un soir anodin, imaginez un utérus gigantesque (ou alors une très grande roulette qui tourne en folle et s'arrête sans raison valable sur n'importe quelle case) où clignotent des machines distributrices de tickets, où tournaillent sur leur roulement à billes des tourniquets payants, où rebondissent comme des dingues des centaines d'innocents affublés (drapés ?) de dossards diaphanes sur lesquels les numéros sont illisibles, où sévissent des types armés de bâtons qui tapochent sur tout ce qui bouge et où patiente sous ses boulons une cuvette grosse comme le monde par laquelle une main invisible flushe de temps à autre les vivants et les morts, sans distinction, pour autant qu'un couple se soit formé, quelque part dans l'utérus (ou sur une case de la grande roulette folle). • Demandez-vous quels pourraient avoir été les facteurs de réunion de ce couple damné et qui a autorisé cette singulière union. • Dressez une liste exhaustive des instances visibles et invisibles susceptibles d'avoir fait le coup. • Perdez contact avec la réalité. • Appréciez. • Jonglez comme un phoque avec des baudruches qu'on nomme fiction, réel, réalisme fictif et mensonge tout court. • Distinguez clairement le versant fantastique de votre délire — le lien direct avec le *Manuel d'abandon (?) de carrière (?)* tramé plus tôt — et le prétexte cousu de fil blanc que le mariage inopiné du *Manuel* et de la commande (l'offre) vous procurerait. (Vous pensiez aboutir quelque part, certes, mais vous voilà projeté dans une autre direction, mon petit, vers votre propre bout, ou alors votre ogive, disons votre fin. C'est risqué, soit, soit. Mais encore ?) • Sortez vos ustensiles et écrivez.

Leçon 15

• Et écrivez.

Leçon 16

• Ne laissez pas agoniser ce que vous croyez être l'humour (ni l'ironie, ni la dé-ri-sion, s'il le faut, ultime recours, voix royale vers la blessure de l'Autre), car bien qu'il ploie sous le faix de la mode (sous la plume ou la langue de crétins aigus qui participent d'un cœur allègre à la Niochonnerie sous toutes ses formes) et qu'il serve de refuge aux frères incapables d'exprimer autrement leurs émotions, il joue le même rôle, pour vous, dans une œuvre — à l'heure actuelle et pour un moment encore, sans nul doute — que le clou dans le mur, derrière la toile. • Osez l'écrire. • Osez donc. • Supportez les cabrioles subséquentes des crétins aigus.

37

Leçon 17

● Confiez à un pote que se trouve dissimulés dans votre
dernière nouvelle — sous le couvert d'une grande roulette
folle — une kyrielle de pièges immondes concernant
l'atome, le système solaire, le sens du regard, la justice
humaine et l'espérance de vie des clones. ● Si vous êtes assez
paf, gonflez plus de vessies que je ne parviens à le faire et
souriez en coin — tel Bob Morane, cet athlétique héros nyc-
talope dont le copain à-la-vie-à-la-mort, Bill, un monstrueux
et sympathique colosse roux, tirait un indécent plaisir à
défoncer les portes en chêne massif de votre adolescence
grâce à ses seuls poings nus après s'être (et avant de s')
envoyé(er) quelques quarante-onces de whisky écossais.
(Fiévreuse adolescence, ah.) ● Laissez à l'infortuné ami élu
le soin d'acquitter la chope suivante qu'il devrait à ce
moment offrir s'il a (et même s'il n'a pas) le moindrement
de compassion, ce soir-là. ● Avant la douzième, articulez
que, pour dire la vérité, vous croyez être la pitoyable paren-
thèse entre tout ce que les autres ont écrit, dit, filmé, peint,
sculpté, composé, chanté, inventé, raconté, joué ou vécu, et
ce que vous en avez ressenti puis volé. ● Insistez : « Pas compris, là, ne-non : r'senti pis volé. » ● Calez la douzième, vous
êtes un homme, mais vous sentez que des choses remontent
— et ce statut d'homme de nouveau attesté n'y est probablement pas étranger. ● Proposez à votre ami de filer vers
Boston ce soir même et allez dégueuler comme un homme
que vous êtes et si vous y parvenez sans heurt engagez la conversation avec un autre nobody et balbutiez tout seul si vous
êtes seul et rincez-vous donc la bouche et.

Leçon 18

• Apprenez que d'aucuns pourraient discerner dans votre projet de *Manuel* — dans le choix des éléments que vous y insérez — ce dont ils ont peur, ce qui les écœure, ou ce qu'ils prennent pour des clins d'œil qui sont incommensurablement loin d'en être, mais que pouvez-vous y faire ? • Moquez-vous des risques de babillages sur votre compte parce que les fois où vous parvenez à déguiser vos tripes en mots sont rares comme des bénitiers d'eau fraîche : maso ou pas, vous ne mettrez pas la scie ronde là-dedans. • Riez à en prendre le champ en pensant au cirque de la publication quand vous roulez cent cinquante à moto sur chaussée glissante à la hauteur de Daveluyville direction Québec — où vous comptiez bien rencontrer par le plus grand des hasards cette charmante petite pharmacienne qui a le béguin pour vous. • Prenez le champ, ordure. • Ne vous foulez qu'une cheville (« Plus lucké que vous, c'est béni », dit le docteur Despins merci bonsoir). • En partie grâce à la douleur, saisissez mieux la relativité des choses et adoptez la redoutable formule « Allez donc savoir... », que vous servirez dès lors sans sauce à quiconque vous demandera poliment si ce que vous racontez dans vos histoires est véridique. • Rentrez en bus.

Leçon 19

• Rêvez d'accoucher d'un personnage crédible qui s'écrierait, comme s'il s'agissait d'une trouvaille : « Je n'ai jamais su, auparavant, ce qu'aujourd'hui j'ai écrit ! » • Réalisez avec consternation que l'écriture devance effectivement ce que vous savez de vous, qu'elle vous permet de mettre la main dessus en quelque sorte, que oui, c'est vrai, c'est le mot finalement jeté sur la feuille qui appelle le prochain, mais maintenant, on fait quoi ? • Rigolez jaune à l'idée que le thème du numéro spécial de la revue branchée (thème enfin arrêté mais qui de toute façon importe peu) sert votre propre cause — comme si l'univers venait vous rencontrer sur le parapet avant que vous ne transformiez un bachelier vaguement altruiste en travailleur autonome ou un cas-de-pont virtuel en fait divers sur une colonne. • Admettez que si ce n'est pas là un autre coup du sort, bigre, vous n'y connaissez rien. • Admettez que Paul Piché a raison dans le refrain de *L'escalier.* • Admettez que non seulement vous avez besoin des autres, vous aussi, mais que toute cette parade, à bien y penser, c'est pour eux : qu'ils acceptent, pardonnent — s'ils n'ont d'autres fouets à chatter —, mais surtout vous les lâchent. • Admettez, bref, un tas de trucs idiots, puis remettez ça : courez les mêmes lièvres que la dernière fois : acceptez la vie, les roses, l'amour éternel, Fanny Ardant, les Caramilks, l'hypothèse que l'Homme est probablement bon, veut probablement comprendre, et cætera, tout ça d'un même élan, toc, sans poser de question, en déglutissant, cependant. • Doutez (oh yes, gros doutes et sabots correspondants : des tas de crosseurs, des vils, des suppôts, et puis des affamés de pouvoir, d'argent, des affectés, des catins, toutes sortes de cochonneries, ici et là, sur le chemin), mais quoi, foncez, vous n'avez pas de meilleure idée.

Leçon 20

• Jetez dans l'arène des histoires ouvertes, des constructions dans lesquelles qui lit possède un pouvoir et une fonction qu'il se refuse encore, et tenez bon. • Si vous pensez y parvenir (ou si vous tournez volontairement le dos au rôle de Dieu que d'autres loques se meurent de jouer), eh ben n'abandonnez surtout pas, priez-vous-en, et de grâce ne flushez pas pour si peu, là c'est moi qui de tout mon cœur vous en prie, restez, lancez pas la serviette, osez votre vie, risquez-la jusqu'à la lie et l'hallali, cette petite, évitez le septième cercle de l'enfer de Dante réservé aux desperados qui ont choisi ce raccourci et dissimulez vingt dollars dans un compartiment secret de votre portefeuille : on se croisera bien un de ces quatre, j'aurai fait tout ça moi aussi, et on s'enverra une couple de bocks derrière le col avant que les gâteux de tout âge ne nous cassent les nénettes pour avoir dénoué le leur en même temps que le nôtre. • Dans l'intervalle, abandonnez-vous corps et sang à la rédaction d'un *Guide de l'imposture* ou quelque chose d'approchant. • Commencez. • Procrastinez. • Culpabilisez. • Recommencez. • Apprenez à dire : « Ça avance..., mouais. » • Espérez y mettre assez de vous pour que le révélé dérive, pff, que le tu s'ancre, han, et que la vague efface jusqu'aux traces incertaines laissées dans la pierraille de la côte.

Sainte-Marcelline – Joliette
février 1990 – novembre 1991

La Virtuelle

On devinera tout de suite, même de loin, rien qu'à la direction de son regard à elle, que l'homme a plus de chance qu'il ne l'imagine et qu'il n'y est pour rien. On apprendra du même coup si elle se trouve réellement près de lui, cette fois, de corps et d'esprit, prête à y mettre du sien, voire à y demeurer — tout ça est encore possible —, ou si elle n'est qu'un moment présente, furtive jusque dans ses approbations, fuyante jusque dans ses tremblements, munificente, encore vêtue, en attente de la lumière qui jaillirait, de là ou d'ailleurs, de lui ou d'un autre, et l'emporterait, de toute manière, pour une nuit, cette nuit.

*   *   *

Elle ne provoquera rien, certaine d'être celle qui disposera des choses, à la fin. Elle percevra très distinctement ce qu'il prononcera, s'en souciera un moment, fort court moment, mais ce ne sera pas sa faute à lui, en somme, tout cela, aussi ne lui en voudra-t-elle pas beaucoup. Elle regardera posément de côté ou en l'air, les affiches du morne mur sembleront l'intriguer, ou les projecteurs l'éblouir. Elle essaiera de ne pas remarquer l'imprécision de la question, la

43

sottise de l'homme, y parviendra à moitié, décidera de faire l'amour avec celui-là. Elle lancera comme une chandelle dans la nuit enfin compromise son imprévisible réponse, sans laisser poindre à quel enseigne gîtera sa magnanimité. Des yeux et de la voix, elle crèvera le plafond de fumée. Soudain convaincante, détachée, pour un instant sûre, elle logera dans l'espace certains gestes précis, troublants, pour rassurer l'homme, étayer son désir. Elle le frôlera bonnement, sans l'air de l'avoir fait, et il sera comblé. Elle connaît tant les hommes.

* * *

Elle attendra, pourtant, juste à côté. Juste à côté de ses gestes à elle, à côté de ses propres mots, dans ce qui pourrait saigner du bois d'ébène sur lequel elle s'appuiera. (Un comptoir luisant. Finement travaillé, lui semblera-t-il — elle n'y connaît rien, mais elle s'est appuyée sur un tas de comptoirs. Celui-là sera très luisant, fera mal aux yeux.) Elle sourira, elle rira, elle sera belle, s'en doutera sans en être tout à fait persuadée. (Oh oui, mille fois belle, cependant qu'à côté, à l'épicentre du miroir du bar où elle ne distinguera personne, qu'un reflet mat — cent mille fois si belle, pourtant, comme illuminée par le regard de l'homme qui pourrait l'aimer, ou aurait pu, s'il était là, ou s'y était trouvé.)

* * *

Elle cherche l'âme derrière ce reflet mat, bien qu'elle supporterait assez mal de l'y surprendre, désormais. (Elle ne se veut plus aussi près d'elle qu'auparavant, ne tient plus réellement à rencontrer ce qu'elle crut, fut, crut être.) Il est si tard, cette nuit aussi. Si tard. Elle se remet du rouge, et ça ne lui va pas très bien.

* * *

Ce qu'elle cherche à débusquer, au mépris de ses propres craintes, toujours, c'est la potentialité, ou ce qu'elle nomme ainsi. Elle va *au-devant*, sans provoquer les choses, comme si les événements la modelaient, et comme si son pas, seul, aux abords des taillis ou sur les boulevards, se devait de débusquer ce qui s'y dissimule, sans quoi ça ne vaudrait pas toute cette peine, ça ne vaudrait assurément pas la peine. Elle parcourt les villes et les campagnes de long en large. Elle arpente rues et rangs pour ce qu'il est possible d'y imaginer vrai, d'y conserver vivant, sous l'asphalte ou dans les bosquets. Elle mise sur ce qui devrait exister, y croit bien plus fermement qu'en ce qu'elle saisit d'elle (une ombre dans un miroir de bar, de toute façon).

* * *

Ce qu'elle désire être à jamais en mesure de subir, peut-être de contrôler, ce à quoi elle tiendra jusqu'à la fin à se soumettre, c'est la possibilité. Elle confiera à l'homme : « Qu'ils aillent au diable ceux qui ne ressentent pas le possible, ceux qui refusent de voir ce qui en permanence les frôle. » Plus bas, elle ajoutera : « Qu'ils aillent donc chier. » L'homme n'y comprendra rien, mais il sourira timidement en entendant le mot « chier », et ça le sauvera, en quelque sorte, puisque ce sourire, ce mièvre mouvement des lèvres — pour cette femme qui cherche à lire sous les feuilles, les rues et les mots — sera susceptible de cacher autre chose.

* * *

Au-delà de ses craintes, quelquefois ses espoirs se détendent et très vite son corps s'entr'ouvre ; comme une ouverture vers elle, furtive. Il lui est facile de croire en un banal mouvement des lèvres, en ce qu'il peut receler : croire en une image. Ses bras et ses mains tentent alors de saisir cette image, de la retenir un moment, afin que ses lèvres trop rouges puissent s'y poser et en lécher lentement les contours.

* * *

Elle va toujours chez l'homme, où elle se donne en entier, une nuit entière, où elle espère l'aube assez grise pour continuer tout le jour suivant de croire. Mais l'aube de la maison de l'homme la mène à rien, car à l'aube elle s'éveille et se souvient du sommeil. C'est ainsi. « Au moins me suis-je un moment donnée... » se répète-t-elle, se persuade-t-elle, en enfilant ses bas, en passant sa jupe, en silence. Ça l'apaise. Elle vit branchée sur le souvenir de ces oublis dans lesquels elle est une nuit parvenue à s'abîmer. Elle sort et marche dans les rues et les rangs, sous le soleil ou le crachin.

* * *

Il parlera. Une assez considérable suite de mots. Il sera question d'aller ailleurs. Elle avancera une main tremblante vers une coupe pleine. Elle boira une première longue gorgée.

* * *

Elle boira une seconde longue gorgée. Elle soupirera « Oui » ou « Chez toi » ou quelque chose d'équivalent puisque tout ce qui est non lui apparaît insupportable, davantage que la solitude, bien plus que la mort, infiniment plus que la douleur de se tromper à nouveau : comme une croix sur un peut-être : insupportable. L'homme réagira en homme, convaincu de jouer un rôle important. Il se lèvera le premier. Ils iront.

*   *   *

Même de très près, à ce stade, on ne pourra plus jurer de quoi que ce soit à leur sujet. Ils dériveront bras dessus bras dessous — il aura insisté sans mot dire — vers la virtualité qu'elle poursuivra seule. Oui. La virtualité. Voilà son nom. La Virtuelle. Voilà un nom qui lui sied sans l'enfermer. Un nom qui la fera sourire, tant il évoque celui d'une compagnie d'assurances. « D'assurances », répétera-t-elle peut-être, amusée.

*   *   *

La Virtuelle.

Sainte-Marcelline – Joliette
avril 1990 – janvier 1992

La scène de la puff

Un homme sur une vieille berceuse. *Iiiik, ik, iiiik, ik.* Flambant nu. Il regarde droit devant lui. Il fait signe à quelqu'un d'approcher. On ne sait pas à qui il s'adresse : la personne évolue dans le noir — hors du champ de la caméra. (On devine, mais à peine, un mouvement, une ombre qui se dirige à pas feutrés vers lui. L'éclairagiste fait un travail colossal.)

L'homme bouge les lèvres, mais ce qu'on entend ne correspond pas à ce qu'on voit.

— Allez, salope, approche, viens poser ton petit cul ici, par ici, sur moi...

Iiiik, ik.

Une femme, au-dessus, guipée dans une épaisse couverture de satin blanc (très loin au-dessus, très haut — si haut qu'on voit mal son visage —, le nez collé sur une baie vitrée qui donne sur la scène), pleure un peu, pour elle seule, puis tourne la tête vers un écran géant encastré dans le mur de ce qu'on devine être sa pièce à elle. Elle se déplace avec une grâce exagérément féline, se laisse bientôt tomber dans un fauteuil de cuir marron, cligne des yeux vers l'écran géant et dans un éclair celui-ci s'illumine. *Fast forward* sur les images qui défilent. La femme tient à ce que ça bouge. Aucun son. Elle supprimerait le son s'il y avait du son. Elle ne veut rien entendre.

L'homme observe un instant cette femme haut juchée, espère peut-être d'elle un signe, la salue exagérément bas, croit par là blaguer, se rappelle les consignes des ateliers, la mise en abîme évoquée par la réalisatrice, il n'est pas du tout d'accord, il trouve l'idée ridicule, éculée, bien entendu il s'est rallié, il chasse ces images de son esprit, retrouve sa concentration, relève la tête, constate que la femme a détourné le regard, avale deux fois en prenant son temps, baisse à nouveau la face et se berce de plus belle en s'adressant à cette personne qu'on ne distingue pas encore.

— Viens poser tes fesses... Viens...

Iiiik, ik.

Une très jolie femme pénètre enfin dans le champ de la caméra, nue elle aussi. Une grande blonde frisottée, permanentée, fardée, des hanches de *soap* à faire vomir, la grosse affaire. Elle s'avance dans la pièce et l'image ; très vite, elle les occupe entièrement. L'homme aspire les effluves de romarin qui proviennent de la blonde.

— Approche... Approche encore...

Le son et l'image ne sont toujours pas synchronisés, ça en devient agressant.

Là-haut, la femme ne quitte pas des yeux cet écran géant où des personnages évoluent maintenant à vitesse normale. De loin, on peut imaginer qu'il s'agit d'un western : on voit de la poussière et des chevaux. En contrebas, dans la pièce capitonnée d'où aucun son ne filtre, on semble ignorer jusqu'au déroulement du film, là-haut (ignorer dans le sens de ne pas savoir que).

L'homme lève la tête encore une fois et fixe le dos du fauteuil de cuir marron où il sait la femme affalée. Il pense à

50

Caroline (oui, *Caroline* en italique, c'est le nom et la forme qui se dégagent des brumes de sa tête) et se sent soudain très mal, honteux, imposteur, déphasé, décalé. Il tente de faire en sorte que son visage exprime ses émotions. Il y parvient.

La grande blonde est tout près de lui ; elle le frôle, le caresse. Les attouchements replacent les usages de l'homme en position normale et aident ses idées à déraper. Ses lèvres bougent longtemps et le son ne prend le relais qu'une fois les lèvres redevenues immobiles.

— Laisse descendre ta main..., ouais..., encore plus loin, putain, c'est ça..., serre astheur..., pis bouge..., bouge un peu, te fais pas prier, t'es belle, t'es donc belle..., généreuse, pis tu sais comment ça marche..., pis t'aimes ça..., hein ? Tu m'en veux pas ? T'aimes, hein ? O.K..., réponds pas tout de suite..., tantôt on parlera... Comme tu veux..., tantôt.

La blonde s'active machinalement.

*   *   *

L'histoire pénètre ici dans une période où la temporalité se contracte ou s'étire, où le temps ne possède plus la même insigne importance, où les vrais et les faux amants, dans un même mouvement fondus, dans de semblables fauteuils enfoncés, se blottissent dans la pénombre et observent attentivement leur passé, scrutent jusqu'au moindre battement de paupières. Il s'agit de ces moments capitaux où il est concevable d'affronter le souvenir et de modifier le cours des choses. D'aucuns appelleront froidement ces moments les *rushes*. À ceux-là, il faudra enseigner la magie ; leur apprendre à la patiemment connaître, à la reconnaître, à la suivre.

*   *   *

L'homme s'éveille en nage, bandé comme un chevreuil, répandu sur le dos. Il prend conscience du rêve. Il se retourne pour embrasser une femme dans le cou. C'est Caroline.

Caroline grogne dans le rêve, bouge les fesses dans le lit, se les chauffe dans le lit, se laisse embrasser dans le lit et le cou, ricane dans le rêve. Elle se rappelle les consignes des ateliers, les heures de répétition afin que l'immobilité elle-même traduise une certaine amplitude du désir.

L'homme murmure.

— Je t'aime, Caroline, tu sais... Oh oui je t'aime, si tu savais...

Dans l'absolue pénombre, on se surprend à croire qu'il pourrait être sincère, même si le son et l'image demeurent asynchrones (ici, on ne sait trop pourquoi, ça passe mieux).

Caroline demeure dans son rêve. Elle s'y déploie sans doute, mais on ne peut pas vraiment savoir. (Cette avenue restera ouverte, comme relevant de qui verra.)

L'homme cesse alors de sourire, ou plutôt son sourire se fige sur sa bouche. Oui, voilà : figé. Tac.

Il étend le bras vers la table de chevet, tâtonne, trouve le paquet d'Export A médium, en retire une touche et la porte à sa bouche. Ces mouvements, pour l'œil avisé, découvrent la jambe meurtrie de Caroline. On dirait qu'une faible source de lumière monte de la cuisse. Caroline frissonne. (Pour l'œil avisé.)

À ce moment, un éclair de briquet fend la nuit, et ensuite plus rien, pendant de longues secondes. Tout est immobile. On se demande où en sont les personnages. Un parfum d'encens envahit la pièce. C'est pour aider les acteurs, se rappellent les acteurs ; pour l'atmosphère.

Puis, brusquement et pour tout le reste du tournage qui cependant tire à sa fin, une flammerole apparaît dans le satin blanc, comme une luciole accrochée à la nuit, un sémaphore dans l'opacité déconcertante de la chambre à coucher, une puff qui flambe sans arrêt, un brûlot.

Exactement comme si l'autre affreux aspirait sans plus pouvoir s'arrêter.

Après une minute, on entend une voix brisée par l'émotion lancer : « Coupez » ; on entend : « C'est parfait, je vous remercie... » ; on entend, beaucoup plus bas, imperceptiblement : « Je vous remercie tous beaucoup... »

Le plateau, après quelques instants de flottement, s'active à nouveau. On y évolue moins nerveusement, mais les gestes sont plus solennels, plus tristes aussi, puisqu'on se quittera pour de bon tout à l'heure.

En retrait, loin derrière le *dolly*, la grande blonde qui crevait littéralement l'écran dans toute sa nudité à la scène précédente essuie une larme qui ne doit rien à la glycérine. Elle signe ici son premier film.

Sainte-Marcelline
juillet 1990 – juin 1991

DÉROUTES

343 Nord

Aussi avidement que j'ai pu chercher sur d'autres
chemins la rédemption, l'oubli et la liberté, autant
que j'ai eu soif de Dieu, de connaissance et de paix,
ce n'est que dans la musique que j'ai tout trouvé.

Hermann Hesse

Passer Joliette. Béton roulant ben content de retrouver ses hautes vitesses. Moé itou. Ça gronde. On fonce pas pour rien. On fend le silence. Le Belge. Fends donc, toé si. Envoye. Envoye donc.

Ch'clic ...*ver*

Gronde, toé si. J'ai hâte aux collines.

Un impossible rêve

Chante ça pour moi. Chante ma hâte. Pousse-la donc. Roule-la jusqu'en haut.

Porter
Le chagrin des départs

Le plat me tue. Plus fort, Jacques. Chauffe ça...

Brûler

57

Chauffe ! j'te dis.

D'une impossible fièvre
Partir
Où personne ne part

Passer Saint-Ambroise. Plaie de maisons. Plaie de beubelles dans les parterres. Sitôt la neige fondue, sitôt la gelée
levée, on pique dans les parterres l'armée de flamants.
Je faucherais l'armée, si j'avais le temps, ou le prenais.
Je l'ai pas. Je le prends pas.

Aimer
Jusqu'à la déchirure
Aimer
Même trop, même mal

On fonce, Béton roulant pis moé. Y a que ça.
Tassez-vous, mouffettes écrasées, ratons éventrés,
matous tronçonnés, siffleux ben ouverts sur l'asphalte tiède,
répandus d'un flanc de la route à l'autre, porcs-épics déjà
gras de frites graisseuses des poubelles de tôle de cabanes à
pétates qui viennent juste d'ouvrir. Vous sentez le crisse.
Faites-en de la place.

Tenter
Sans force et sans armure
D'atteindre
L'inaccessible étoile

Sainte-Marcelline, là-bas. Ça commence à descendre, à
remonter. C'te route de jour, m'habitue pas. C'te route de
cadavres, m'habituerai jamais. C'est le temps du fumier en
retard. C'était de l'étendre à l'automne, les gars, avant vos
labours. Les habitants t'engraissent les champs comme des
oies. Comme des oies. Ça pue encore plusse. En v'là un avec

sa tank de pisse de cochon. Ça frize tout partout. Comme des oics qui puent mon Jack. Ça frize...

Ben frize, toé itou.

Telle est ma quête
Suivre l'étoile

La vois qui me regarde venir vers elle. La vois m'attendre. Me quitte pas des yeux. J'aurais pu doubler l'autobus sans rien dire, j'aurais dû, sans même ralentir, à cause la grosse côte qui me donnait un bon élan. Mais j'ai préféré le neutre, à cause d'elle.

J'aurais dû.

Peu m'importent mes chances

À cause d'elle qui me donne un bon élan, j'ai préféré passer au neutre. À travers moi qu'a regarde. C'est moi qu'a voit.

Peu m'importe le temps

A devrait sourire et pourquoi qu'a sourit pas ? Béton roulant qu'a l'articule en penchant la tête, en clignant des yeux, en tordant le cou comme un sac à puces qui sait pas trop. J'devrais sourire pis pourquoi que je souris pas ?

Ma désespérance

Len... tement, qu'a l'articule. « Bé-ton rou... » là..., c'est ça, tu vas l'avoir, fillette... prends ton temps, « ...lant. Béton roulant. » Yes ! Mon truck, petite ! Tu l'as ! Béton roulant. C'est son nom de baptême. Pas le plus beau des noms, peut-être, mais le plus truck des trucks, le plus beau, le mien. C'est moé l'père.

Et puis lutter toujours
Sans question ni repos
Se damner
Pour l'or d'un mot d'amour

Me force, la gamine, ouais, me force, c'est ça le mot, à passer en quatrième, en deuxième, en première, à stopper presque, Jacob breaks, compression, breaks, presque à stopper, pis rouler sur le hiddel. Dans ses yeux.

Béton roulant, maudit grondeux, suis donc la procession, je t'ai rien demandé.

Ses yeux.

Je ne sais
Si je s'rai ce héros
Mais mon cœur serait tranquille

Tu tousses ça en masse, mon truck.

Elle nous regarde tousser. Le sourire qui aurait dû être là ben avant qu'on arrive pousse sur le coin de sa bouche. S'ambitionne. Devient rire. Franc rire.

La v'là-t'y pas qui voudrait que je colle ton gros nez quadrillé à la sortie de secours, qu'on embrasse sa boîte à lunch.

Ben non..., ben non, fillette. Je peux pas. Voyons. Je peux pas faire ça. Y a des lois, fillette, sais-tu c'que c'est, toé, une loi ?

Et les villes
S'éclabousseraient de bleu

Rouler derrière, dans la traînée d'un rire qui naît, remonter la côte, vers le soleil en *Sunkist* d'un orangé mangé par le bleu bleuté du ciel.

Ça doit se dire par du monde, ça, d'un orangé mangé par un bleu bleuté.

Parce qu'un malheureux

Béton roulant aime pas, il tousse trop, trop lente pour lui c'te montée, me fait tousser, pas le choix, dans ma cabine, pis j'en mets encore un peu, pas gros, tousse-tousse, pour la p'tite, pour qu'a rie plusse.

Fuck, on dirait que j'danse dans côte, pour qu'a rie plusse.

Brûle encore

Mais a rit plusse, aussi.

Bien qu'ayant tout brûlé

Faut j't'la farme, le Belge. A te connaît pas.

Brûle enc... Ch'clic.
A m'imagine tout à elle, c't'enfant.
Et je veux. Béton roulant le veut. Mon chargement le veut. Mon boss voudrait si j'avais un boss.

V'là l'autre, le chauffeur, une autre femme, d'ici, ben moins belle, me fait des signes, la laide, se tasse, prend l'accotement : « Envoyez ! Envoyez ! Doublez ! Doublez ! » qu'a dit de la gueule, qu'a fait de la main.

Ben non... ben non, autre femme laide, je veux pas, je veux pas doubler. Pas si pressé. Pas tant que ça... Finalement... Voyons... Pas tant que ça... Pis à part de ça c'est pas tes oignons, femme laide, c'est pas de tes maudits troubles !

Vos gueules, vous autres, en arrière, ou j'embraye à reculons sur vos capots cirés ! À tout le monde qu'il est, le chemin !

Vos gueules là-bas, devant.

Je vous entends, devant, ma gang de sacrements. Je vous entends déjà. Vous me reprochez déjà c't'arrêt-là. Je vous entends tellement, à cheval sur vos cerfs de parterres. J'entends les cris de vos cadavres, vos reproches.

Vos gueules !

Me range aussi sur le bas-côté.

Passez, les gueules. Roulez. Passez, les reproches.

Aux anges, la p'tite. Moé itou. On est seuls. Tout seuls. Les sacrements sont passés.

*   *   *

Ma bouche, mon palais, comme une maison.

Retrouver sous ma langue le goût du sable jaune Tonka du carré à côté de la grange, la bonne motte de terre argileuse dans le fond des joues, retrouver l'envie de bâtir des maisons, le besoin de rouler dans un camion, de traverser le monde, retrouver tout ça dans le sourire pour moi de la p'tite.

Pour moi.

Ce qu'a l'aime ça, mon Ceebee ! Entre deux vitres, pas besoin de parler pour vrai dans un Ceebee. J'ai jamais grand-chose à dire dans c'te patente, mais tu l'sais pas, la jeune, tu l'sais pas... Pas pour vrai que j'parle. J'm'adresse à parsonne.

Tu veux l'essayer, princesse ? Tu veux ?

Je bouge les lèvres : « Ouais, salut ! Béton roulant... Béton roulant à n'importe qui pour rendre folle une p'tite princesse blonde... Disskat. »

Ça la rend folle. A pétille sur son siège de vinyle.

Je l'emporterai, lui ferai faire le tour du monde, à la p'tite blonde, cent chansons pourries le chantent, le tour du monde, c'est facile, à soir, notre tour du monde à elle et moi, tout seuls, avant souper, pis jusqu'à demain, si a veut, Béton roulant a les deux panses ben pleines de diesel, à ras bords, on roule douze heures sans s'arrêter, si a veut bien, avec deux panses pleines à ras bords, si a veut de moi, le tour du monde, dans douze heures, au déjeuner, ou peut-être même avant, on est à Sept-Îles, première étape, premier truck-stop sur la route du monde.

*   *   *

Mais elle descendra, là-bas, dans mille maisons, ou la prochaine.

Pas y penser. Commence seulement à me donner le droit.

*   *   *

Mais si elle doit descendre à la prochaine maison, peut-être elle pense déjà à avoir peur de l'histoire et de moi. Peut-être je suis déjà plus un jeu.

Et devant sa maison ? je déciderai quoi ? J'arrêterais bien, lui parlerais bien, mais sa mère ? qui me prendra pour un malade qui veut l'enlever, pour un poids lourd fêlé, bandé sur les p'tites filles légères, qu'est-ce qu'elle dira sa mère ? qu'est-ce que je dirai ?

Oh oui, madame, pour ça, elle est kidnappable, votre mousse, pas d'erreur, otage et rançon dans le même p'tit corps grouillant, madame, vous saviez ? vous saviez pas ? z'avez peur ? z'avez pas peur ? z'avez un fusil ? en n'avez pas ? un téléphone, d'abord ? un mari ? un peu de cœur dans votre grande maison ?

Je l'sais ben pas ce que je dirais, si j'arrêtais.

*   *   *

Plus haut que Saint-Côme, ben plus haut que le parc de Tremblant, plus haut que la voie protégée de Via, de l'autre bord du réservoir Gouin, mais avant les saprées turbines de Manic, ben avant, je l'sais que l'achigan nage encore, seul, le chevreuil broute encore, saute, les détonations sont écrasées, meurent, dans le silence, si dense, qu'on respecte un peu. Les sourires sont rares, ouais, mais c'est des vrais quand y plissent les joues. Et pis les pleurs agonisent, ça vaut ça.

Y a ben les saisons de chasse, de pêche, les prises qui contentent son homme, les trophées, les panaches sur les tops de 4 × 4, les vingt-quatre vidées dans le fond des gorges, des chaloupes, des chalets de bois rond, les copains fins-fins, les rires des morts, les esprits malins, les images des femmes aussi, ah oui, les femmes, les délaissées en bas, celles-là auxquelles on pense, qui nous quittent plus, qui nous accompagnent à chaque pas dans chaque swamp, qu'on voudrait laisser dormir là, pures à jamais, dans le chrysanthème des plaines, la balsamine des bois, femmes intouchables qui nous hantent, mais à part ça, plus haut que Saint-Côme, ben plus haut, avant les turbines, avant le sport, le sang pis l'électricité, je l'sais que le pays est encore un peu humain, vierge, propre, plein. Sauvage. Silencieux. Humain.

Je sais pas beaucoup d'affaires, mais ça je l'sais.

* * *

J'arrêterais ben, devant la boîte à malle, dans le ronron du moteur, lui parler, causer, rire un p'tit brin.

Mais pour elle, ce serait terminé.

Faut que ça roule pour jouer le jeu.

Sitôt que les freins crieraient, a courrait à maison. Dans les jupes de l'autre. A sourirait plus. Une peur bleue du truckeur, ben sûr, de ses mains larges, sales, de sa camisole huilée, de ses fesses fondues qui tombent flush avec le dos tellement le gars a roulé. Pis de son amour, si grand tout d'un coup.

Une sacrée peur de moi..., de moi pis de l'amour qui jaillirait de moi comme une van de billots du tunnel Hippolyte. L'amour qui, soudain, dans la vie, résonne, jaillit.

Ou ce serait de Béton roulant, de si près, qu'elle aurait peur, Béton roulant, mon truck si doux, peur à mourir, ou de la réalité, qu'elle aurait peur, qu'est-ce que ça change ? Des menteries tout ça.

À Saint-Alphonse, a va tourner à droite, c'est sûr et certain. Le long du lac, a va trouver maison. Marquée, la p'tite, jusque sous sa peau blême, par l'eau rouge des vacanciers.

A me saluera pas, pas vraiment : à peine un regard qui s'accrochera aux phares de mon visage.

* * *

Comme de fait. Tourné à droite, la p'tite gueuse. Pas sauté dans le dos de l'autre femme laide. Pas tout fait pour intervenir. Laissé l'autobus lui montrer où coucher. Partie pour tout le temps.

Gueuse.

Ben..., qu'a se noie dans son lac. Qu'a se noie dans son maudit lac de cul. Moi, je roule. Il faut.

Faut, quand même.

J'aurais eu l'air de quoi dans c'te zone de cinquante sur le flanc du lac Cloutier ? À faire tousser Béton roulant, à suivre dans un rang tortueux une couette blonde calée dans le dernier banc d'un tobus qui reviendra sur ses pas ?

De quoi j'aurais eu l'air ?

* * *

Je roule et jusqu'à Saint-Côme, je m'en veux.

Qu'est-ce que ça peut ben me sacrer de quoi j'aurais eu l'air ? Qu'est-ce que ça peut faire ?

Les saules pleurent leurs larmes sèches sur mes coudes fripés. Les érables ont fini de verser leurs pleurniches sucrées. Dans dix minutes, de l'autre bord de l'autre grosse côte, je distinguerai plus les beubelles dans les parterres. Trop noir. J'ai hâte. Dans dix minutes, ce sera l'été, dans un vrai rang de gravier. Ou l'hiver, dans un rang de terre.

*   *   *

Je cahote dans la route qui devient rang qui sabote en démon, pis faudrait ben, ouais, faudrait ben que je vote une couple de bruns pour changer mes tchoks.

Chez Grégoire, demain après-midi, non, je serai pas revenu, vendredi d'abord, ils vont me faire ça pas cher.

Aïe... Le Belge... T'es encore là toé... Oui t'es encore là. Ben envoye donc, si t'es là.

Ch'clik. ...*ore*

Même trop même mal

Embarrasse-toé pas de moé, le Belge. Fais lever la route du nord.

Pour atteindre

Fais-la donc lever...

À s'en écarteler...

Embarrasse-toé pas de moé pis gueule !

Pour atteindre

Gueule ! j'ai dit !

L'INACCESSIBLE ÉTOILE.

Sainte-Marcelline – Joliette
décembre 1988 – août 1991

La Femme-Subaru

*OINOS — Donc, tout mouvement, de quelque nature
qu'il soit, est créateur ?*

*AGATHOS — Cela ne peut pas ne pas être ; mais une
vraie philosophie nous a dès longtemps appris que la
source de tout mouvement est la pensée...*

Edgar Allan Poe
Nouvelles histoires extraordinaires

Une femme. Dans une Subaru, ce sera écrit dans le titre. Son menton haut, son téléphone cellulaire, sa dégaine, les grands trous sombres derrière ses Ray-Ban. Son corps (beau corps, long, huilé, paré, fichu corps), son tempérament, son fard, mais ses Ray-Ban, surtout, ses Ray-Ban sur son nez retroussé, malgré la nuit tombée.

Les lumières crues des lampadaires frappent la voiture rutilante.

Les hommes en fuite, sur les trottoirs, se retournent.

Des éclairs mats jaillissent de leurs regards désemparés.

Elle stoppe à ma hauteur, tourne la tête vers moi, ne voit personne, repart.

Cette femme veut la ville à elle seule, ce soir, ça saute aux yeux.

Elle se sert de son corps, le grime en entier, le parfume, en dispose et parfois l'impose. Il existe bel et bien des femmes comme elle. Lysiane, Francine ou Nicole peuvent s'égosiller (« Non ! ces femmes n'existent pas, ce sont des mirages, des inventions d'hommes ! »), ça ne change rien à la réalité. Il y a des sorcières comme la Femme-Subaru du titre, d'insaisissables courtisanes, des mégères qui font payer après, la vie durant, des louves qui partent en chasse, certaines nuits, et qui désirent la ville à leurs pieds. Et l'obtiennent. Oui. Tout existe.

Ces femmes, on leur offrirait bêtement chacune des rues où j'ai à poser le pied, si je ne tentais d'y mettre ce soir un semblant de frein.

*   *   *

Un petit moment.

Quelqu'un, dans cette histoire qui veut prendre forme (appelons ce quelqu'un Quelqu'un*), ignore à coup sûr d'où vient cette Femme-Subaru et qui elle est en réalité. De nos jours, les entrées en matière semblables à celle qui précède ne trompent plus : Quelqu'un cherche à dissiper une image qui, l'ayant séduit ou bouleversé, s'est cristallisée en lui. Il se débattra, hurlera, s'acharnera, se démènera sans compter pour se défaire de cette chique de gomme qui lui colle au doigt. (On peut souligner qu'il en fera trop, qu'il grossira un problème en définitive assez simple, mais ça ne nous regarde pas.)*

Quelqu'un, c'est évident, s'est entiché d'une femme. Entiché à un point tel qu'elle l'habite, l'obsède, bien sûr malgré lui. Elle occupe en lui, et à peu près intégralement,

une place jusque-là disponible et dont le principal attrait,
pour Quelqu'un, demeurait précisément sa vacuité factuelle.
Quand elle est occupée — même par un mirage, même fur-
tivement — cette place ne dégage plus l'énergie qu'elle
génère pourtant aisément quand Quelqu'un cherche à com-
bler le manque. *Il est impérieux de comprendre ceci : c'est
le vide entraîné par l'absence qui permet — mieux : provoque — le mouvement. En d'autres mots, Quelqu'un se
figure, et ce dès le début de cette singulière occupation dans
laquelle il s'estime lésé, être en mesure d'éjecter une autre
personne — la Femme-Subaru — d'une place qu'il considère
sienne (mais jamais il n'avouerait considérer cette place
sienne, oublions tout de suite l'idée de le lui faire
reconnaître).*

*Pour sortir cette femme de lui, il la couchera (tentera de
la coucher) — le mot n'est pas trop fort — sur une feuille.*

*À mesure que la narration s'ouvrira, se détendra, il lui
dégotera un passé, des travers, des gestes riches de sens, des
réflexes charmants, un côté garce sans doute, de doux élans,
bref, tout ce qu'il faut pour que l'essence de cette femme
pousse l'image ainsi obtenue jusqu'à habiter, seule, la
mémoire de Quelqu'un.*

*Est-il besoin de spécifier qu'en cela, Quelqu'un avouera
de manière à peine voilée que dans sa tête, l'essence est
affaire d'absence, qu'il tend — cherche ? — à croire aux
fées, qu'il est pourri d'idéal, qu'il encule Sartre à l'aller et
au retour et que les bouquins sur le romantisme allemand ne
recouvrent pas pour des prunes deux étagères de sa biblio-
thèque Ikea ? Sans doute pas. (Il est par ailleurs honnête de
préciser qu'il demeure possible — bien qu'improbable —
que Quelqu'un cherche par cette histoire à* apposer une
loupe sur un moment fulgurant de l'existence, *de manière à*

rendre ce moment supportable pour lui en même temps *qu'intelligible pour d'autres. Quoi qu'il en soit, cela aussi resterait ses oignons.)*

En somme, Quelqu'un s'applique à transformer *cette femme-du-passé, cette femme-déjà-disparue, de telle sorte qu'elle puisse l'accompagner, dans le présent, mais* sans s'y trouver *: la réalité ne compte pas beaucoup dans l'entreprise naissante de Quelqu'un.*

Tout ceci, on en conviendra, s'avère à la fois fort compréhensible, éminemment dommage et prodigieusement insignifiant, puisque Quelqu'un démontre coup sur coup son ignorance de la vérité, sa propension à se contenter du premier succédané venu et sa prétention à faire de ce placebo une pseudo-réalité (falsifiée à l'envi) encore comestible — voire nourrissante — pour qui se laissera prendre dans ce qu'il concocte (prendre et emporter, *bien entendu, soit, j'opine,* et emporter).

Quoi qu'il en retourne, j'y reviens, c'est son — leur — problème ; ça ne nous concerne pas.

Ce qui nous concerne, toutefois, c'est précisément ce qu'un rien maladroitement sans doute je nommerai ici la vérité *et, par conséquent, l'événement capital dont Quelqu'un reste inconscient et ne pourra de ce fait avec clarté narrer. Je crois avoir le devoir de révéler* l'insigne importance *de cet événement dans la vie de la Femme-Subaru.*

*   *   *

Déjà, quelques heures avant que la Femme-Subaru ne roule en ville, ne stoppe au feu et que son image ne se fossilise aussi clairement en Quelqu'un, elle était au volant de sa voiture. (Le véhicule, une berline, est un cadeau de son mari bien nanti et régulièrement en voyage d'affaires hors de la ville, aussi désolant que cela.) Elle filait à belle allure (cent vingt) sur une autoroute de province en écoutant dis-traitement une station MF. Elle n'allait nulle part. *Elle rou-lait, c'est tout.*

Elle croisa un auto-stoppeur et freina quelques centaines de mètres plus loin, mue par un réflexe qui l'étonna. Elle prit conscience *de ce réflexe au* moment même *où elle se plaisait à se laisser bercer par son émergence. (Elle prenait donc* conscience *du réflexe à* l'instant exact *où elle appréciait être tenue sous son joug, au moment où elle goûtait l'ivresse de se laisser bercer par lui, de* se laisser prendre. *Se laisser prendre : que voilà trois mots importants pour cette femme...)*

Elle passa la marche arrière d'un geste vif et recula jus-qu'à l'auto-stoppeur — à la grande joie de celui-ci, comme de juste. (La Femme-Subaru est pourtant du genre à se méfier de tout le monde : auto-stoppeurs, camionneurs, dra-gueurs, copains. Nous ne nous attarderons pas sur ces détails, le garçon apparaissant être un très gentil garçon — étudiant sous peu décrocheur de Polytechnique, baskets, barbe de trois jours, évidemment ouvert aux multiples expé-riences des périples routiers.)

Ils roulèrent vers le nord en échangeant quelques bana-lités. Il était tracé sur le macadam que ça n'en resterait pas là.

C'est d'elle que le premier geste est venu. Elle a glissé sa main sur la transmission manuelle et effleuré la cuisse du jeune homme. Elle a chuchoté : « J'en ai envie... », presque bonnement, comme si offrir l'amour allait de soi pour cette femme, comme si le faire représentait une façon de meubler l'espace entre deux destinations, rien de moins.

Au moment de murmurer sa réplique, elle n'avait pas encore songé à en évaluer les tenants et les aboutissants. Après l'avoir prononcée, quand elle pensa à réfléchir *aux conséquences, sa main avait* déjà *effleuré la cuisse.*

C'est le souvenir *tiède de la peau du jeune homme sous ses doigts manucurés — de seyants bermudas multicolores laissaient les cuisses poilues de l'étudiant bien en vue, et le jeunot avait certes l'épiderme tentant —, donc* le geste fait, *qui lui prouva, à elle,* a posteriori, *son désir et son audace. Elle a craint un moment que le jeune homme ne rétorque :* « Envie de quoi ? », *ou pire encore :* « Envie de quoi, madame ? », *mais heureusement, ce ne fut pas le cas. Le garçon marqua une pause, c'est exact, mais sa surprise s'expliquait davantage par la célérité avec laquelle l'offre avait été formulée — en kilomètres, à peine une vingtaine, laquelle s'avale, sur une autoroute de bonne facture, en moins de dix minutes — que par l'offre elle-même.*

La Femme-Subaru conduisait, regardait droit devant elle, et sa main droite rejoignit la braguette du passager.

Wow ! pensèrent les deux.

La femme fit lentement descendre la fermeture éclair et dégagea lestement le membre.

Elle ralentit, forcément, et garda sa droite, c'était préférable.

Le moteur de la Subaru émettait un très doux ronronnement, le compte-tours marquait deux mille sept cents, peu de véhicules encombraient la route. Elle ajusta le rétroviseur pour apercevoir les hanches du jeune homme sans quitter la chaussée trop longtemps des yeux : il fallait éviter l'accident.

Elle sourit en déplaçant le rétroviseur car, par ce biais, elle pouvait littéralement contempler *l'assurance de ses gestes. Elle tirait de ce spectacle — de sa propre habileté — un grand plaisir. L'homme, fier, pensa que c'était là une vraie femme, expérimentée, une affaire à saisir à pleines mains, sans gants. Il était dur comme du roc. Je parle ici de son sexe. (Pardonnez les précisions qui, pour inutiles qu'elles soient, laissent poindre à quelle enseigne gîte mon propre trouble.)*

Elle le caressa lascivement puis le masturba quelques minutes, s'amusant dans son nombril et permettant à l'étudiant de sucer longuement chacun des doigts de sa dextre. La sensation était délicieuse et l'autoroute se présentait droite, consentante, n'offrant que de très légères courbes à négocier, à l'occasion.

Le téléphone cellulaire retentit. L'étudiant se figea.

Profondément perturbée par la sonnerie mais toutefois très calme au dehors, la Femme-Subaru siffla : « Ne t'en fais pas... » Elle ne décrocha pas, mais elle cessa son va-et-vient sur le membre gonflé. Le répondeur téléphonique intégré au cellulaire fit entendre la voix nasillarde du mari bien nanti invitant l'interlocuteur à laisser ses coordonnées et le moment de son appel. Après un bip, on perçut la voix de l'interlocuteur : c'était justement, quoi qu'on puisse penser du hasard, le nanti. La Femme-Subaru sourit à l'idée que son époux se répondait à lui-même, se parlait tout seul. Elle songea que, finalement, *c'était sans importance. L'étudiant fut extrêmement embarrassé par le sourire, percevant là un jugement négatif sur son attitude, peut-être même un sarcasme sur sa réaction singulièrement malhabile, voire naïve, de toute façon juvénile. La Femme-Subaru, fine mouche, répéta : « Ne t'en fais pas... Doux... » Le garçon fut aussitôt rassuré.*

73

Le mari raconta à l'appareil qu'il croyait rejoindre la Femme-Subaru dans la Subaru et qu'il était désolé. Après un silence, il ajouta que, finalement, c'était sans importance.

La femme sourit encore (à l'idée des formules éculées, cette fois, dont elle et son mari usaient à dégobiller) et considéra le moment très propice — après le bip final — pour emmener encore plus loin, jusqu'au bout, le jeune homme à ses côtés. Elle reprit son travail sur le membre devenu mou pendant l'appel, fit durcir en un rien de temps, activa le mouvement, pressa le pénis d'une manière plus énergique et observa avec délectation, par le rétroviseur, le jeune homme s'abandonner à sa jouissance. Un jet de sperme macula la banquette avant et la femme indiqua d'un geste où se trouvaient les mouchoirs de papier.

Elle ne comprenait pas ce qu'elle ressentait. Elle appré-ciait être ainsi soumise *à l'expérience mais s'estimait par ailleurs* coupable *d'apprécier. Son ambivalence la tracas-sait rudement.*

Dans un sursaut, elle rejeta la faute sur son mari. C'était habile.

Elle ne se concentrait donc pas sur l'amour au moment de l'orgasme de son passager. La pensée de se voir au volant de la Subaru en même temps que contrôlant le plaisir de ce jeune mâle bourré d'hormones l'avait fait tressaillir, douter, se questionner, mais maintenant, grâce au salutaire recul de l'après-coup, elle trouvait l'expérience étonnante, folle, vibrante, bien que trop rapidement consommée. Mais ça...

Elle se reprocha un moment de ne pas avoir assez inten-sément goûté quand c'était possible.

Elle se précipita *ensuite avec avidité vers son souvenir encore chaud, comme pour capter ce qu'il en restait d'effluves.*

L'étudiant la regardait les yeux mi-clos, dos à la portière droite, avec une reconnaissance un peu béate, comme une poule en train de pondre, aurait-on pu croire.

L'autoroute s'étirait, longue et sentencieuse, c'était la fin du jour, le ciel brûlait, l'entre-jambes de la Femme-Subaru aussi. Elle roulait doucement, comme portée. C'était pour elle une balade d'une pénétrante saveur, malgré les aléas de sa pensée. Aussi accueillit-elle avec une satisfaction non dissimulée les doigts du jeune homme sur ses propres cuisses (elle débrancha d'un geste vif le cellulaire pour éviter de nouveaux impairs et coupa la musique). Quand l'étudiant releva la jupe et enfonça sa tête entre les jambes de la conductrice, celle-ci écarta légèrement les genoux pour encourager le jeune homme, et accéléra un peu, on comprend aisément pourquoi.

La Femme-Subaru se sentait disposée à ce type d'orgasme qu'il n'est possible d'atteindre qu'en route : une fois partie, mais surtout pas encore arrivée à destination. « Un orgasme de route », murmura-t-elle, amusée. L'étudiant *n'était pas très doué, mais tout se passait dans sa tête à elle ; le jeune homme ne représentait en définitive que l'aspect humain de son plaisir, ou alors,* son plus petit dénominateur commun : *son prétexte. Il apparaît de bonne guerre de noter ici l'empressement et la candeur de l'étudiant : sans relever la tête de la toison dorée de la Femme-Subaru, il murmura à son tour : « Tout doux, tout doux... », mais de lui, ça sonnait faux, ampoulé, tellement décevant. Le pauvre avait eu l'idée d'essayer de satisfaire la conductrice en* empruntant *son langage : il croyait que le langage, pour elle, était partie prenante du plaisir ; un incontournable préliminaire. La Femme-Subaru éprouva une honte très aiguë à l'idée que le jeune homme poursuivait son plaisir à elle plutôt que le sien propre. Heureusement, en croisant un viaduc tout ce qu'il y a de gris, elle conclut qu'être, c'est d'abord être perçu, et qu'un miroir — fût-ce celui d'un rétroviseur — , pour percevoir, mon Dieu, faisait très bien l'affaire.*

Elle écarta encore un peu plus les jambes et aperçut le soleil du bout de l'autoroute fondre dans les eaux du lac Léman, voyage de noces, dix-sept ans dans un mois. Elle sentait l'air beaucoup plus dense, collé à sa peau. Les arbres défilaient sur les flancs de la route, ses cuisses tremblaient et elle atteignit cent quarante à l'heure, ce qui chassa le lac Léman et la fit de nouveau sourire. Elle jouit en saccades nerveuses, prestement, comme elle aime. L'étudiant s'endormit sur sa cuisse et elle apprécia la bienfaisante solitude que le sommeil procure à celui-là du couple qui reste éveillé.

Elle roula ainsi quelques minutes. C'était paisible dans sa tête, ouaté dans son corps, divin partout. D'aucuns auraient pu l'accuser d'excès de volupté, ou alors, évidemment, de conduite dangereuse. Ce sont des imbéciles.

Et c'est ici, enfin, à ce stade de cette histoire pour le moins banale, qu'intervient l'événement-clef dont je me fais un devoir de parler, l'événement dont Quelqu'un, cet inconscient, n'aura jamais une idée précise, attestant par là que certains drames, aussi capitaux puissent-ils être, ni ne s'inventent ni surtout ne gagnent — même innocemment — à être poursuivis. (Il importerait certes d'avoir la décence d'attendre son malheur, de se donner partout ailleurs, et le plus possible, avant le choc ; peut-être même faudrait-il tenter d'oublier jusqu'à la possibilité de l'avènement. Mais ça...)

Bon. Nous y sommes.

*   *   *

La Femme-Subaru affiche un beau sourire — radical, dirait-on —, et ce sourire lui va très bien. Elle roule et l'auto-stoppeur dort sur sa cuisse.

Soudain, un jaseur des cèdres émerge des herbes du terre-plein et traverse l'autoroute à dix centimètres du sol. Les jaseurs des cèdres, bombycilla cedrorum, *sont de jolis petits oiseaux bruns (dix-sept à dix-huit centimètres) au ventre jaune pâle. Leur cri est un sifflement strillé, assez doux bien que relativement aigu. Ils se nourrissent d'insectes, de pétales de fleurs et de sève. Ils adorent également les baies — ce qui constitue un détail singulièrement ridicule, sauf en cela qu'il explique qu'on les rencontre aussi bien en milieu découvert (plaines et vallées) qu'en montagne. On peut dire que les jaseurs des cèdres sont des oiseaux assez communs.*

Le volatile s'engouffre sous le véhicule. Il ne comprend rien à ce qui lui arrive. Il vole une fraction de seconde entre l'asphalte et le châssis de la Subaru, fonce sur le réservoir à essence (on entend un « tok » assourdi), puis, presque knock-out, voit surgir sur sa droite un bâillon de caoutchouc brûlant.

La roue arrière droite le broie sans bruit — à peine un petit « chrouk ». (Il faut ici rappeler que les Subaru haut de gamme sont dotées d'une excellente suspension, offrent une tenue de route remarquable et jouissent d'une insonorisation supérieure, c'est écrit dans les dépliants et ça se vérifie à l'essai, parole.)

La Femme-Subaru, à ce moment, baigne encore dans le souvenir de son orgasme : tous ses sens sont en éveil — on peut avancer décuplés. *Elle voit donc* parfaitement *l'oiseau disparaître sous l'aile avant gauche. Elle ressent* distincte-ment *dans son corps le choc sur le réservoir (le « tok ») et l'écrasement du jaseur sous la roue arrière droite (le petit « chrouk »). Pour ne pas éveiller le jeune homme, elle retient un sursaut d'horreur : ce petit « chrouk » l'écœure comme jamais quoi que ce soit à ce jour ne l'a écœurée.*

Ce geste retenu, inexistant, nié, *est un élément d'une importance capitale.*

Car dès ce moment et irrémédiablement, la Femme-Subaru sera absente *pour l'étudiant. Et pour des tas d'autres passagers aussi.*

Dans son histoire à elle, l'autoroute est un gigantesque Y *et le jaseur des cèdres un* minuscule grain de sable qui aiguille sur une voie — *ou pousse à emprunter cette voie —* plutôt qu'une autre. *La vie de la Femme-Subaru ne sera plus jamais la même en vertu d'un détail vécu avec une troublante intensité, à un moment précis de son existence, un moment où sa conscience des choses, sa réceptivité, on pourrait dire* sa capacité de lecture et d'interprétation, *atteignaient en simultanéité leur sommet.*

Elle roule, muette, peut-être vingt minutes encore, avant que le jeune homme ne s'éveille.

Elle lui ordonne alors sèchement de descendre. Il fait maintenant presque nuit. Elle l'abandonne sur la route, dans le crépuscule, et l'étudiant voit dans ce geste l'actualisation de la culpabilité de cette femme à l'âge incertain. (Elle embaumait entre les jambes. Il va la regretter. Il lève le pouce. D'autres véhicules passent à sa hauteur, certains ralentissent. Une voiture s'arrêtera pour lui tout à l'heure, c'est d'ores et déjà écrit. On s'en fout.)

La Femme-Subaru va bon train.

Pourquoi n'a-t-elle pas éveillé le jeune homme afin d'être seule plus rapidement ? Pourquoi a-t-elle nié son geste ? C'est vrai : elle vient de vivre coup sur coup, en son corps, la mort et l'amour, et elle interprète ceci comme une nouvelle punition, très très sévère. L'étudiant ne peut savoir, son mari ne peut savoir, elle-même n'aurait pas pu deviner pour l'auto-stoppeur et pour l'oiseau.

« Tout ça se vit seule. »

C'est ce qu'elle en vient à chuchoter.

« Entre les furtifs moments d'extase où les corps exultent, ça se vit seule. C'est tout... »

Mais alors, sommes-nous en droit de nous demander, pourquoi donc n'a-t-elle pas éveillé l'étudiant ? Pourquoi ne l'a-t-elle pas évincé tout de suite ?

Elle s'en veut, c'est insupportable, mais elle sent encore la langue du jeune homme aller et venir en elle.

Elle sourit, presque définitivement vaincue.

Pourquoi ne l'a-t-elle pas éveillé ?

La question s'estompe. La Femme-Subaru l'ignore et elle s'en balance. C'est du passé. Elle a besoin d'être seule. Elle roule.

Et elle choisit *de chausser ses Ray-Ban, bien que la nuit soit tombée, avant d'affronter les lampadaires scintillants de la ville qui se profile à l'horizon et vers laquelle elle se dirige avec circonspection, à quatre-vingt-quinze à l'heure.*

* * *

Voilà. Voilà ce que Quelqu'un ne sait pas et ne cherchera pas à apprendre. En fait et pour conclure, Quelqu'un ignore tout de la réalité et de la femme qui vient de s'arrêter un moment à sa hauteur en lui infligeant l'insulte suprême de ne pas le remarquer au moment où, sans doute, il aurait eu besoin d'être vu par un être humain. Il en ignore tout et, qui plus est, n'en a cure désormais, dans la mesure où cette

*réalité ne lui conviendrait à l'évidence pas, de toute façon,
et qu'il en est confusément conscient.*

Il esquisse donc un autre modèle, *assure la construction
d'un* autre espace réel (*ou plutôt* donné pour réel, *en vertu de
la plasticité démoniaque du langage), espace évalué conve-
nable, à tout le moins supportable, par lequel il lui sera peut-
être possible de remettre cette histoire à sa place et de
prendre, en prime, son pied, pardonnez l'expression.*

*   *   *

Zut. Rien à faire, à haïr, si peu à imaginer, avec cette
femme.

Me fous de la ville et de la femme, quand tout près de moi
des cœurs s'acharnent à battre.

Comme une toupie je m'en fous, comme une trombe je
vrille dans l'œil de l'histoire qui agonise.

L'histoire n'est plus grand-chose, plus rien.

Comment écrire, ce soir, ou pourquoi ? Les phares à halo-
gène me brûlent déjà les yeux.

Et la vie est là. À portée de ma main. Sur le trottoir.

Sainte-Marcelline - Joliette
mars 1990 - décembre 1991

L'élue

Des dizaines regroupées dans le coin opposé à celui du dégât d'eau. C'est soir de *pogne* : elles ne se doutent de rien. Il fait chaud, il fait las ; les ventilateurs, curieusement, viennent de s'arrêter. Dans le poulailler règne un silence humide et pesant. Les poules apprécient cette singulière absence de bruit.

Les *pogneurs* profitent de la noirceur, comme d'habitude.

Elle, cette pauvre élue, se figure qu'au mieux on a besoin de ses services, qu'au pire on vient la nourrir. Elle effectue donc un pas vers les hommes gantés. On la devine résolue, l'élue.

Elle est saisie sans ménagement par les pattes, retournée tête en bas, jetée dans une cage avec des congénères, chargée sur le camion, emportée.

*   *   *

En route pour la province voisine, les plumées se persuadent qu'elles font partie de quelque nomenklatura. Elles décident d'aborder nonchalamment l'existence, de la prendre avec un grain de sel. Elles piaillent, caquètent, picorent, pérorent, jacassent, bref, picossent à qui mieux mieux. Il s'agit, pour la plupart, du premier voyage vraiment organisé de leur existence.

Des bosses, des trous, rien que des bosses et des trous, les voies rapides ne sont décidément plus ce qu'elles étaient.

Ce qui s'est passé devait sans doute arriver...

Un barreau de la cage de l'élue se rompt. Elle tombe du camion, roule sur la chaussée, se retrouve seule sur la désormais baptisée Jean-Lesage, étourdie, ébahie.

Elle court, l'infortunée petite, sur la transcanadienne, vers l'ouest, derrière le dix-huit roues qui un instant plus tôt l'emmenait à l'abattoir, court comme une perdue, c'est émouvant, mais déjà les feux arrières du camion disparaissent dans la grande courbe, loin devant. C'en est fait.

Hors d'haleine, la poule s'arrête sur la ligne blanche, hébétée.

Une jeep *Bronco II* la frôle en vrombissant. La volaille se réfugie rapidement entre les voies rapides, dans l'herbe fraîchement fauchée par les larges pales des tondeuses jaunes du ministère de la Voirie supérieure. Elle se recroqueville dans la rosée et elle pleure. Les rivières salées sur ses plumes lustrées tracent d'étroits sentiers qu'on aimerait emprunter pour gagner le cœur de la petite et la rassurer. Un Grand Corbeau (mais comment a-t-il vu? comment sait-il?) tourne déjà dans le ciel noir, à trente mètres.

Quelques minutes plus tard, un camion semblable au premier se dirige vers l'élue. Elle soulève le cou, la petite — l'odeur lui dit quelque chose —, elle fait : « Cot ? Cot ? » puis : « Cot-Cot ? »

Et soudainement elle comprend.

Alors elle s'élance à nouveau, sur la 20, gaillarde, insouciante, folle d'espoir.

Mais à nouveau, c'est trop tard. La même grande courbe, là-bas, au bout du monde, avale l'autre remorque. D'autres sœurs roulent donc plein tube vers l'Ontario pour s'y faire abattre à meilleur prix. Sans elle. C'est ainsi. On imagine le désespoir de l'élue.

Le Grand Corbeau est à quinze mètres.

Une coccinelle rose, un vieux modèle Volkswagen retapé par quelque *junkie*, suit le camion, comme dans son sillage, mais assez loin quand même. La poule, immobile, la poule, qui regarde tristement vers l'ouest, la poule, qui ne se doute de rien, a le cou quasiment sectionné. Seuls quelques tendons lient encore au corps la tête qui pend. Ses nerfs la tiennent un moment debout, lui permettent de contempler dans toute sa splendeur — mais à l'envers, à cause de la tête pendante — l'immensité bleutée de l'aube, puis elle s'affaisse.

Les pattes griffues gigotent moins d'une minute.

Des plumes sont balayées par le vent.

Les rares véhicules roulant direction ouest fendent alors comme une soie la flaque de sang de la poule et conservent un peu de l'écarlate liquide dans les rainures de leurs pneus chauds. Elles ignorent, les voitures, elles ne peuvent quand même pas savoir, qu'elles répandent de par le monde le sang d'une élue. Le Grand Corbeau, vite imité par quelques corneilles d'Amérique, fond à quatre ou cinq reprises sur la dépouille pour en arracher de saignantes becquées dont il se délecte sans honte.

Bientôt, il n'y a plus qu'un cerne bourgogne et un petit paquet d'os émiettés sur la route.

*   *   *

Le vieil homme est accroupi dans un coin du poulailler. Il chie en essayant d'évaluer le nombre de tonnes de fumier à sortir. « Huit jours avant l'autre élevage, gronde-t-il, pis toute c'te marde. »

Il lui faudra engager, surveiller les hommes, lancer des ordres, se montrer dur et distant. Ensuite, il faudra compter, recompter, faire que ça arrive en rognant sur le profit, sans doute, pour remplacer les abreuvoirs désuets qui provoquent sans arrêt des dégâts d'eau. Tant de travail, pour effacer les traces puantes du passage des vieilles et faire du poulailler un lieu neuf, intact, désinfecté, immaculé, où débarqueront les poussins.

Il sort de sa poche une flasque de gros gin, s'en envoie une première lampée, puis une seconde. Il retourne le flacon dans sa poche, cherche un papier mouchoir, en trouve un, le roule en boule, s'essuie, se relève.

Il vérifie si tous les thermostats ont bien été, par le fils, réglés à la baisse.

Huit jours.

Sainte-Marcelline – Joliette
juin 1990 – août 1991

L'effigie oubliée

À Denis,
à Richard

Écrire, ce n'est pas raconter des histoires. C'est le
contraire de raconter des histoires. C'est raconter
tout à la fois. C'est raconter une histoire et l'absence
de cette histoire. C'est raconter une histoire qui en
passe par son absence.

Marguerite Duras
La vie matérielle

Ça peut arriver partout. Dans les paroisses encore vertes comme au creux de certaines villes qui, naïvement, s'imaginent à l'abri d'un drame pareil ou, sottement, planent au-dessus, comme si tout cela se déroulait plus bas, trop bas. Aucune chapelle pourtant, aucun clocher, ne devrait se figurer au-dessus des brumes. C'est vrai. Vrai et vérifiable.

Notre faute et sans doute celle des protagonistes de cette sombre histoire se trouvent donc ici écartées. (Il apparaît nécessaire de le spécifier : on pourra opérer — lire ou s'insurger, rire ou soliloquer — sans crainte de représailles, dans une relative quiétude. C'est important.) Il faut avouer : ce qui suit n'est qu'une des versions de l'affaire. Encore que partielle. Pour des raisons qui apparaîtront bientôt évidentes, ni Bine ni ce gros *beef* d'Elvis ne sont en mesure de corroborer les faits.

Ce qui s'est passé est probablement déplorable. Probablement *totalement* déplorable. De cela, chacun pourra juger, appliquer sur l'affaire la grille qui lui sied.

*   *   *

« Bine Lefebvre, un gars super correct, ben apprécié, ben aimé par un pis l'autre, a levé le fly jusse avant Pentecôte avec le char second de son beau-frère Abel, celui avec un sticker d'Old Orchard collé sur le bumpeur d'en arrière. (Le sticker est sur le char, pas sur Abel, allez jamais dire à Abel que vous vous êtes posé la question, i vous pend par les chnolls : un bonhomme assez prime, c't-Abel-là.) Le char était encore greyé de tailleurs à neige, capable de rouler une trotte dans n'importe quel sens, pis ça Bine le savait, c'est officiel.

« Ce qu'on en dit à c't'heure-citte, on le sait de Jean-Noël qui a veillé Bine à l'urgence, pis de notre curé Jean-Paul que Bine a été voir avant de sacrer le camp avec le char au sticker, pédale au fond — du monde l'ont vu pis entendu, i ont juré: pédale collée au fond. En fait, on sait jusse ce que le curé a consenti à nous dire, c'est sûr, parce qu'un curé, c'est amanché pas-le-choix pour cacher des affaires, c'est ben normal, c'est sa job.

« L'air innocent, les bœufs de la Esku ont raconté un paquet de cochonneries à propos de notre chum, mais on les croit pas, c'est comme de ben entendu. I veulent faire passer Bine pour un crosseur de poule morte, une maudite salope, pis tout le monde sait que c'est pas vrai. Au moment où on se parle, toué vrais hommes du village enculent la Esku. »

*   *   *

« Six semaines après Pâques, même pas quinze jours avant Trinité, tout roulait pourtant sur des belles rails. Le printemps était là de bonne heure, la slotch descendait tranquillement dans les décharges, on avait câllé une corvée pour décrisser les bandes de patinoire asteur que les tournois de snoutte provincial pis de pichenottes paroissial étaient finis, les Loisirs fournissaient la bière, le soleil plombait, des gars comme Jean-Noël pensaient déjà à leurs semences pis les enfants, les fatiquants, fatiquaient dans le sous-sol de l'école.

« Le lundi soir de la semaine avant Pentecôte, Bine taponnait dans sa cave. I posait des vis, rabotait des coins, tirait une ligne à craie sur un bout de stud pour shimer une table qui avait fait la guerre. I écoutait CJTR d'un oreille, chantonnait quèque toune, se moquait sans méchanceté de Tit-Guy-mauve Harvey, ramanchait un cossin, venait de finir de boalter sa chenille de skidoo qui avait perdu une strappe dans coulée chez Vincent le samedi d'avant, tout ça.

« Bine bricole ben, c'est connu comme Barabbas. I travaille sua sly. On y demande des guédas, patcher ci, quelouer ça, taquer du bardeau, flatter du ciment à tarvelle, n'importe. Se promène toujours avec un crayon sur l'oreille pis i fait aller le bout de la mine en monsieur. Adrouette que le baptême. (Une fois seulement, de toute sa vie, s'est fait mal, s'est coupé net le bout de l'index avec un exacto, mais à part ça, jamais rien d'autre, jamais rien de grave, jamais de bobo, de sang, ces affaires-là.) Toué cas, ben de sarvice, la Bine, toujours ready pis pas chérant.

« C'est sûr que c'est un gars qui se charche un peu, mais comme tout le monde, pas plus que n'importe qui, comme ben d'autres, qui c'est qui se charche pas ? Pis que c'est que ça peut faire ? Toué cas, on pense nous autres icitte que ç'a pas une grande grande importance, la Esku peut ben manger de la marde : qu'un gars se charche, c'est normal. Les bœufs prennent ça pour une preuve, les caves.

« Toujours que la table pesait en salament. Un meuble. Du chêne avec des pattes en lion. Un maudit beau morceau, mais massacré, gossé par les griffes de chats, les bebés, tout ça. Le gros Elvis Vallée avait cent fois raison de demander à Bine Lefebvre de retaper ça, c'est sûr — on mène pas à dompe des affaires belles de même que nos grands-pères se sont fait suer à monter pis nos grands-mères à polir, c'est sûr —, mais y avait de la job pour une copeul de jours, ça aussi c'était sûr.

« Toujours encore qu'à cause de la grosseur de la table, Bine a pas pu travailler à l'établi comme i pensait de pouvoir le faire. Ça l'a achalé en masse : Bine est suparstitieux que le gériboire. I aime ça travailler à l'établi, entouré des outils qu'i connaît, faites à sa main, *ousque la protection est la meilleure*, comme i disait. (Ouais, c'est lui qui disait ça de même à cause de la petite effigie de plâtre dont le nom y a échappé mais qu'i a attaché serré par le cou jusse au-dessus de l'équerre, squeezée entre le niveau pis le sciotte.) Toué cas, ça l'a tracassé d'avoir à se mouver, mais i s'est dit *Pis apra ?* sans se douter du facaillage que ça ferait. I a rabouté deux extensions pour traîner le courant pis ça avait l'air oké.

« I s'était dit qu'avec son jack à l'huile posé sur le quan pis une feuille de plywood une demie pour pas passer à travers de la table, y aurait pas de troubles. Mais rien que pour fucker le chien, la skil saw que Bine tenait jusse d'une main

88

a bretté, i a essayé de tchéquer le trouble sans déploguer la scie pis i a pardu l'équilibre en accrochant sa bottine dans pile de feuilles de préfini qu'i devait poser, en janvier passé, sur les murs isolés à l'uréthane du sous-sol d'Abel (son beau-frère). Les ouvrages retardés, c'est jamais payant. Pas un gros déséquilibre, jusse un petit pas de côté, mais quand même. I a donné un coup de hanche sur le coin de la table, le jack a penché pis, plywood pas plywood, le fond de la table a défoncé carré. Un maudit meuble. Ç'a fait CRAK ! pis ç'a résonné.

« Probablement que ç'a aurait pas été ben ben grave si le beef à Elvis était pas rentré dans le même temps dans cave de Bine par la porte de dehors pour venir caler une Mol pis parler du prix. Bine aurait changé le panneau, vieilli le bois au chalumeau, passé trois couches de Varathane, phoné le gros pis sorti une douze de Molson du fridg en l'attendant parce qu'Elvis les aimait tablettes, ses p'tites bières. Quand le beef serait arrivé, Bine aurait expliqué ses malheurs en disant qu'i baissait son prix, c'est sûr, pis Elvis aurait pas fait trop de misère, aurait sûrement pas pardu le nord, aurait sacré un peu peut-être, mais aurait finalement dit *coudon, pas d'ta faute, la Bine, t'l'as quand même pas faite expra, han ?* en garrochant trois quatre taloches dans les omoplates de Bine.

« Elvis, on peut dire ce qu'on veut astheur, les morts sont toujours plus fins, mais Elvis, c'était un esprit de bon gars lui itou. Les choses se seraient arrangées quasiment tu-seules. »

*   *   *

« Mais Elvis est rentré dans cave comme un veau pas égossé dans un backstore en même temps que la table défonçait. En même temps que le crak du jack dans le panneau du fond.

« Même ça aurait pas dû être trop grave dans un sens, c'est ça qui est torrieu : Elvis a déjà vu des tables défoncées, i en a déjà défoncé lui-même une copeul pis pas toujours les siennes, mais ce lundi-là, i s'était pincé avec Johanne, sa blonde avec qui i restait depuis un an pis qui était en famille depuis sept mois. Été comme hiver, normalement, Johanne joue au ballon-balai deux soirs par semaine, ça la détend qu'a dit. Mais en baloune de sept mois, c'est comme de ben entendu, a peut plus jouer, ça fait qu'in un peu plusse sur les nerfs.

« Elvis, lui, i partait sua go moins souvent que Johanne jouait au ballon-balai, mais ses brosses étaient pas mal plus longues qu'une game de ballon. Johanne a une simonac de pinotte sur les deux bords, pis de la gueule la même affaire. Un vrai sling-shot quand a fesse franc pis des cris de mort quand a score. Elvis, lui, i avait du bras pis du coffre. Après vingt petites brunes pis une demi-douzaine de schnaps dans même veillée, i parlait pas mal plus fort, c'est sûr, mais i marchait encore drouette c't'hostie-là. Pis c'est pas lui qui allait se faire dégueuler en arrière de la salle. Pantoute. I gardait toute pour lui. Toute en dedans.

« Tout ça pour dire qu'y a pas un chrétien qui aurait été marcher sur les pieds de l'un ou l'autre, Elvis ou Johanne, sans s'ennuyer de sa mère. Pis quand i décidaient de se pincer, ces deux-là, ça s'appelait va charcher la malle, prends ton temps pis fais un détour en revenant si tu y penses.

« Le lundi d'avant Pentecôte, après souper, on a entendu un *Ciboire de baptême !* claquer dans l'air. Tout le monde a reconnu la voix de Johanne, pas jasable depuis qu'a l'attend son flo. Au bar, à proche sept maisons de distance, une gang de gars étaient déjà ben assis devant l'écran géant loué chez Lauzière Meubles pour le temps des playoffs de la Stanley Cup : pas mal de bidou gagé sur la Flanelle. Tu-suite après le « Ciboire de Baptême ! », ces gars-là ont raconté qu'i avaient entendu farmer la porte d'en avant de la maison d'Elvis pis Johanne : *Comme un coup de 0,12,* qu'i ont raconté. (Mais ceux du bar, faut dire, même à cette heure-là, c'est pas gratis, fait que... c'est rien qu'une rumeur, peut-être i ont inventé la porte en coup de fusil pour se rendre intéressants.)

« Toujours que le beef a embarqué dans son truck pis i est monté direct chez Bine. On avait-tu dit qu'Elvis était truckeur ? Non ? Ben c'est ça. Un bon truckeur. I charchait même à emprunter pour avoir un camion à lui. Un tracteur au-dessus de cent dix mille. »

*   *   *

« Elvis a sauté dans le dos de Bine rien que sur une gosse en criant *Mon crisse, mon enfant d'chienne, tu travailles comme un pied !* C'était visible que le beef filait pas. Elvis pensait pas ce qu'i disait, savait peut-être même plus ce qu'i faisait, mais Bine était parti pour en manger une sérieuse.

« Sauf que Bine est pas une femmelette lui non plus. C'est pas lui qui se serait pété les bretelles avec ça mais i est fait solide en Jésus : pas haut pis sur le large.

« I se sont mis à rouler toué deux sur le ciment pis à se taper sua gueule quand i pouvaient. C'est pas mêlant, ça devait faire l'affaire des deux parce qu'i tapaient comme des soldats sans demander pourquoi. (Des fois, ça fait du bien par où ça passe, une claque sua gueule. Ça prend ça. C'est comme un gars qui t'écœure pis qui t'écœure pis qui arrête pas de t'écœurer : à un moment donné, ça fait, c'est assez, tu y demandes pas le numéro de ses shorts pis tu fesses, sinon t'es plus un homme, plus capable de te regarder dans le miroir, toué cas, vous demanderez à Richard Baril pour les détails.) En se bardassant, les deux slomos ont arraché la porte du sous-sol de la Bine. Bine a pensé : *Pas si grave, rien qu'une porte, deux gonds, pas cher, mieux dehors anyway parce qu'avec les outils en d'dans cé des plans pour se faire mal.*

« Pis là, seulement à ce moment-là, Bine s'est rappelé l'établi pis la petite maudite effigie bénie par Monseigneur lui-même squeezée entre le niveau pis le sciotte.

« C'était trop penser...

« On devrait jamais trop penser...

« En se tapant sua gueule est un bon exemple de fois où on devrait pas trop penser...

« Bine a reçu le poing d'Elvis sur le bord de l'œil, i l'a tu-suite senti gonfler, pis i est allé revoler dans le concassé zéro-trois quarts de son entrée de cour. I s'est toute égratigné la joue. I s'est demandé si le beef avait pas vargé sur lui avec un batte de béze ou quèque chose. Pis là, là..., i a vu le truck d'Elvis parqué une roue sur sa pelouse, quasiment calé aux essieux. I a vu les traces dans sa pelouse.

« Wow. Sa pelouse.

« Wow.

« Ça l'a mis en beau tabarnak. I s'est dit : *Mon gros Charolais, m'as t'en passer un anneau dans l'nez, moé !* I est venu rouge comme un bebé naissant, i a lâché un grand cri pis i a foncé dans le ventre d'Elvis qui sortait à peine de la cave dans l'idée de continuer la volée ou de s'excuser, on saura jamais.

« Bine en avait plein son casse pis i voulait planter le beef dans le solage de la maison, pas moins. C'était bouetteux un peu à cause des heures de bull pour finir le terrassement.

Bine a levé Elvis sur ses épaules comme une plume pis dans son élan vers le solage où i comptait ben accoter le gros parce que le gros pardait les pédales pis que lui itou en n'avait pas de reste, i s'est enfargé dans un boutte de tuyau d'arrosage. »

* * *

« Bine avait travaillé longtemps sur sa rocaille l'été d'avant. C'était son idée de la décorer avec des morceaux de char pigés dans la cour à scrappe de son chum Mario. Parsonne trouvait ça vraiment de son goût mais tout le monde voulait aider Bine, tout le monde trouvait ça ben comique huit spots d'orchidées mêlées avec des impatients dans des quatre-saisons réchappés *Goodyear* seize pouces. Tout le monde, y compris le gros Elvis. I avait là des vivaces, des arbustes, des fleurs avec des noms grands de même, i était assez fier, la Bine, fier sans bon sens. Pis c'est vrai que c'était pas si laid, après toute.

« La plus grosse roche a fendu le crâne d'Elvis qui est mort sur le coup. »

* * *

« Bine a pas réagi tu-suite. C'est normal. I disait : *Elvis ? Elvis ?* en y brassant la cage un peu. *Elvis, niaise pas !*

« Après quèques secondes, en voyant le sang, i s'est dégelé. I a compris que c'était pas des farces. I a couru en dedans appeler une ambulance pis la Esku.

« I paraît que c'est en entendant les premières sirènes que la chienne l'a pogné. I a sauté dans son pick-up, pis envoye par là. En contournant le tracteur d'Elvis — ç'a fait freezer des mottes de gazon jusque dans la bi-window de la maison — la deuxième petite statuette bénie attachée par le cou au

miroir du pick-up a tapé dans le windshire pis a s'est détachée. Tombée côté passager, a l'a roulé en d'sour du siège
sans que Bine s'aparçoive de rien. Accrochée au miroir, i restait jusse la petite sapinette à l'odeur de sous-bois. I aiment
ben ça dans famille de Bine, les sent-bon.

« I a pas fait long. Devait être narveux parce qu'en général i est assez chauffeur. I a moppé la curve chez Jean-Noël.
En sautant dans le clos, i a bouclé deux tonneaux complets
pis i s'est pété la tête sur le stéring. I a scrappé son pick-up
ben raide. (C'est Jean-Noël qui a été charché la *perte totale*
avec son Inter le lendemain parce que la crinque se rendait
même pas dans le champ bouetteux. Drainé mais bouetteux
pareil.)

« Au moment de l'accident, Jean-Noël se préparait à
monter au fronteau pour changer une couple de cannelles sur
les piquets de clôture électrique histoire de lâcher lousse ses
taures, mais la clôture autant que les taures se sont trouvées
à attendre. Bine pissait le sang par une fente sur le bord de
la tempe. Sans connaissance pis évaché sur son criard. Jean-
Noël a couché Bine sur un plastic dans son Econoline pis i
est monté right trou à l'urgence. C'est là que la police a
retrouvé Bine pour y demander qui pis quoi.

« Cincennes, au village, a dit qu'i savait pour l'avoir
chauffé récemment que le pick-up de Bine avait pus de brake
à bras, ça fait que le chauffeur devait travailler sua compression quand i voulait braker sec, pis même là. Cincennes
pense que c'est pour ça que Bine a fait du top devant chez
Jean-Noël. »

*   *   *

« Les bœufs de la Esku ont quasiment accusé Bine en ren-
trant dans chambre de l'hôpital. Bine a toute nié, s'est

débattu même, s'est défendu comme un démon, d'après Jean-Noël qui était resté à l'urgence pendant que ses p'tits s'occupaient du train. Les policiers l'ont fait chier en masse, i paraît, z'ont pas été ben ben smattes : pas une tasse de compassion pour l'accidenté.

« La docteure a fini par les mettre dehors de la chambre pis Bine a parlé à Jean-Noël dans le blanc des yeux en y disant ben des fois que ça le dépassait, tout ça, que ç'a aurait jamais dû, qu'i savait pas que des patentes de même pouvaient arriver si vite. Bine parlait, s'endormait, délirait, se réveillait. Paraît que c'était pas coton de suivre le fil.

« Jean-Noël était ben peiné, ben atteint, mais i fallait absolument qu'i retourne parce que ses jeunes, O.K., sont ben fiables, mais i voulait être sûr pour le train : une bézniss comme la sienne dans les mains de p'tits gars, ça reste un risque.

« Bine a dit qu'i comprenait, de pas se faire de peurs, que ça allait déjà mieux, là, d'appeler parsonne. »

*   *   *

« D'après l'infirmier de garde, Bine est sorti de l'urgence sur ses deux jambes vers le milieu de la nuit. Voulait rien savoir. I a pris un taxi pour revenir au village pis aller cogner au presbytère. Le curé Jean-Paul devait être dans tous ses états de voir débarquer la Bine à cette heure-là, on comprend ben que l'affaire avait fait le tour de la paroisse plus vite qu'un mort, mais Jean-Paul a même pas pensé à ça deux menutes. I a enfilé une soutane propre pis i sont allés jaser au salon. Une confession c'est une confession.

« Avant le jour, Bine a resauté dans ses bottes, s'est rendu emprunter le char de son beau-frère Abel pis i est monté plein nord, le gaz au boutte.

« On a retrouvé le char d'Abel au terminus de Sorel, parqué tout croche jusse à côté d'un guichet Desjardins. À trois
quatre menutes du traversier.

« La petite sapinette avait été arrachée. Le cordon pen-
dait, ça sentait presque plus le sous-bois dans l'auto.

« C'est ça l'affaire.

« Le village est tout retourné... »

* * *

« Abel pense que Bine s'est réfugié en haut de La Tuque,
dans un camp de pêche, ou peut-être dans le coin du
Saguenay.

« La police dit que ça se peut pas, que c'est louche, qu'i
manque des éléments pour conclure, qu'i faut y penser, trouver des témoins, passer des coups de fil.

« Le curé Jean-Paul dit qu'i pourrait jurer de rien, qu'une
confession c'est une confession.

« À Trinité, Johanne a reçu des fleurs. Son bebé, une belle
grosse fille rougeaude, est en pleine forme.

« En labourant la terre à côté de che-zeux, une semaine
après l'accident, une fois le champ sec pis les éclats de verre
ramassés par ses p'tits gars, Jean-Noël a recouvert de belle
terre noire pis sans le savoir une effigie sans nom.

« Icitte, on sait pas trop qui croire, on essaie de prévoir
de quel bord le vent va se lever, on attend des nouvelles. »

* * *

Voilà. Une sombre histoire d'être, d'avoir et d'aura. Une
histoire de poisse, histoire de vrai monde, qui frise la vulga-
rité, trancheront certains. Probablement déplorable. Et probablement *totalement*.

L'effigie oubliée

De cette gangue — de l'ombre fuligineuse de la flèche unique d'une église de campagne, ou alors de son jubé — s'élève toutefois une plainte, une mélodie, quelques notes très claires : comme le murmure d'une chorale *a cappella*, un peuple entier dont il semble qu'il soit éminemment simple de perdre le pouls. Si les bourdons ruraux tissent autour des on-dit un lacis de bave qu'ils ne produiraient seuls, les palabres urbaines enterrent plus souvent que de raison les appels et les alertes qui jaillissent irrégulièrement des terres maintenant nivelées au laser.

Quoi qu'il en soit, ça peut arriver n'importe où.

De ceux qui déplorent tête basse, de ceux qui prennent en pitié, de ceux qui estiment le combat gagné, de ceux qui s'indignent avec style ou croient grâce à lui s'en tirer, de ceux qui lèvent le nez, de ceux qui s'imaginent hors de cause ou de danger, de ceux, surtout, qui s'appuient sur le pseudo-écart pour lancer haut leurs placebos, arrachons les couilles sans anesthésie et jetons-les aux chiens.

Il n'y a plus de temps à perdre.

Sainte-Marcelline – Joliette
mai 1990 – octobre 1991

L'idylle

« Qu'une misère intolérable... étouffante... rien qu'une dégénérescence... ! une ivrognerie ! une hypocrisie ! un éternel mensonge ! » finit-il par crier dans son magnétophone.

Il desserre sa cravate d'un geste vif. Il défait le bouton du haut de sa chemise, se contorsionne, retire son veston sans défaire la ceinture de sécurité. Il étire le bras. Il sort la bouteille brune du sac brun.

Pchuiiit !

Il a décapsulé.

99

Une grosse Black, quand en voiture, à plus forte raison quand en rogne, il ne crache pas là-dessus. À la radiocassette, Marie Carmen chante à tue-tête.

Après la toujours cinglante première gorgée — chaque fois, l'effet d'une lampée de Listerine —, déjà beaucoup plus calme, il reprend : « Me suis éveillé si tard. M'éveille encore... » Et il renchérit, imaginez : « Sur une musique de guimbarde, le petit s'écrira sur le ventre, ouais, à l'encre, ensuite essaiera d'effacer, ça partira pas, il va frotter, paniquer, il va brosser, le ventre va déchirer. Flou dans l'image. Le sang coule sur le ventre, derrière un tortuesque générique de début, ensuite la guimbarde décline. Focal. Plan moyen sur des mains d'enfant. Zoom-in. Boueuses, les mains, sales sans bon sens. »

Lui, aujourd'hui, malgré la rogne, ça pourrait aller. Pas un grand jour, pas la grande forme, mais ça va.

Il chuchote dans son appareil : « Les tonnes de mensonges à raconter pour arrêter un peu de vérité, une petite fraction..., c'est incroyable... » Et il ajoute : « Tout ce qu'on est prêt à faire, pour que ceux qu'on aime nous croient heureux... Incroyable. »

Au hasard de ses pérégrinations, ou grâce à elles, il hurle ainsi — ou dit, ça dépend, de toute façon espère se souvenir, donc il note — un tas de trucs idiots qui n'ont le plus souvent de liens que par la bande, et pour lui seul, et encore là.

Une femme le double sur l'autoroute. Elle garde sa gauche. Il imagine qu'elle est jolie : ça lui suffit. Il enfile derrière elle, pour voir. Elle l'aperçoit dans son rétroviseur et ses yeux s'égayent. Elle devine qu'elle lui a plu. L'homme comprend que la femme sait qu'elle lui a plu. Ça l'ébranle. Sans doute lui est-il arrivé à maintes reprises, à elle, croit-il, d'être ainsi trouvée dévorable, au volant de sa voiture. Sans doute la filature qui s'amorce est-elle désespérément commune, pour cette femme. Sûrement. Ça fait de lui un cas comme un autre, un dragueur comme un autre, un type, tout court, qui a l'air de ce qu'il n'est pas, qui poursuit ce qu'il préfère ne pas atteindre, qui piste l'amour et ne sait que faire une fois catapulté en sa présence, sinon en baver, un type qui cependant sourit, imité en cela par la conductrice, d'ailleurs, qui se demande toutefois si ce n'est là qu'un nouvel imbécile, ou un taré : « Y en a des tarés, dit-elle, des régiments. »

Pas bête pour deux sous, l'homme devine les craintes de la femme et fait en sorte de se rapprocher très près d'elle. Il manœuvre de manière à ce qu'elle voie qu'il s'adresse à son magnéto. Il chuchote : « Je me colle les lèvres à cette bébelle de Radio-Shack et je murmure dans la bébelle pour qu'une femme sache que j'en possède une, et que je m'en sers, que je note des trucs. » Il roule. « Ça va la rassurer, l'intriguer, c'est certain. » Il roule. « C'est ça de la haute drague, évidemment c'est ça... Je comprends. » Il roule. « C'est épais en masse, de la haute drague, si c'est rien que ça... Qu'est-ce qu'il faut que je fasse, maintenant ? »

La femme jette une série de regards dans son rétroviseur. Elle est intriguée, probablement rassurée, à coup sûr amusée (en grande partie grâce à l'appareillage qui, pour elle, masque le désir, le justifie, l'excuse, allez savoir).

L'homme décide de la mettre à l'épreuve. Pour des raisons connues de lui seul, il tient à être témoin du comportement qu'elle va adopter. Il souhaite probablement se jauger lui-même, il faut le mentionner, mais dans le feu de cette action-là — et il en est particulièrement heureux — la mer des pourquoi dans laquelle il se laisse généralement couler semble s'ouvrir pour laisser place à l'immédiatement vécu.

Il se rapproche — on peut dire dangereusement. À quelques mètres du pare-chocs de la dame (tout cela se déroule à environ cent dix à l'heure), quand il est certain qu'elle va dans un instant le toiser, il tire une interminable rasade de sa grosse Black Label. Sa gorge alors prend feu, son nez se contracte, ses yeux se remplissent de larmes.

Dans l'autre véhicule, la femme reste bouche bée. Elle cesse d'accélérer. Elle lance deux ou trois regards affolés dans son rétroviseur pour confirmer dans sa tête la gorgée et la couleur de la bouteille (les pare-chocs en viennent à moins de deux mètres), puis elle appuie de nouveau sur l'accélérateur. Elle est décontenancée, apparemment soucieuse de ne pas s'attirer d'ennui avec ce genre de cinglé.

Campé derrière l'écran de ses larmes fortuites, l'homme met quelques instants à évaluer les funestes conséquences de la fuite en avant de la femme. Ensuite il réagit : il se cramponne à son volant, accélère, louvoie entre les véhicules, rattrape celui de la femme et ne le laisse plus d'une semelle.

Il est conscient que de la poursuivre ainsi, à cent trente, cent trente-cinq, cent quarante sur la voie de gauche, les yeux pleins d'eau, aggrave les choses, mais il appuie quand même sur l'accélérateur, lui colle quand même au train. Il ne veut pas l'effrayer, pas le moins du monde, au contraire : il est honteux de sa maladresse et se demande comment se tirer de ce mauvais pas. Il ignore que faire, qui implorer, ne demanderait qu'à suivre sans causer d'ennuis, mais c'est trop tard... La seule chose sensée qui lui vienne à l'esprit, c'est l'accélération ; ne pas se laisser distancer. Dans le magnéto, il gronde : « Maudit toton. »

Une avenue originale s'esquisse alors dans sa tête et sur les miroirs de la chaussée, là-bas, très loin devant. Cette avenue prend la forme d'un demi-tonne Ford *Ranger* dont le silencieux pétasse sans se gêner. Le camion susdit retarde avec style la fuite éperdue de l'autre. L'homme, rompu aux différentes stratégies routières, en profite : il bifurque traîtreusement sur la droite et remonte à la hauteur du véhicule de la femme — contrainte de ralentir à cause du Ford *Ranger*. Il lance alors un regard de chien battu vers sa gauche — vraiment au point le regard, surtout avec le restant de larmes — et la femme au même moment tourne la tête vers lui. L'homme sourit. Il dévisage la conductrice et articule : « Voyez, je parle, c'est tout. Des mots, madame, des mots dans un magnéto : pas dangereux. Je ne vous connaîtrai jamais. Pardon, madame. Pardon. Pas dangereux. Vous comprenez ? Comprenez-vous ? »

Elle décélère brusquement.

Il y a un long silence, sur la route, dans la voiture, dans le cœur de l'homme.

« Voilà l'homme seul sur la droite, seul devant son désastre, devant l'impossibilité de se bien faire voir et comprendre..., comme si quelque paroi de verre séparait à jamais les gens et ce qu'ils étaient là pour s'avouer pendant la furtive traversée de ces mondes parallèles où ils roulent parfois à portée de voix... » : tirade oblongue, enflée, prudhommesque, dans la bébelle de Radio-Shack. L'homme s'acharne sur ses propres idées, les tord sans pudeur, et finit par reprendre : « Conneries, la paroi..., conneries, les aveux, les destins..., conneries. » Il est persuadé que c'en est fini, que cette femme éprouvera désormais une crainte farouche — semblable à la sienne du reste — de ce genre d'aventure. Il trouve ça moche. Dans son appareil, d'une voix posée, déjà résignée, il souffle : « Mocherie. » Il sait qu'il ne saura pas refaire les liens, plus tard, en tout cas pas les vrais, au moment d'écouter le magnéto. Jamais il ne saura efficacement traduire cette absolue tragédie. Il lui faudra amasser, greffer, coller, se muer en docteur Frankenstein pour tenter de conférer une autre vie, une fausse, à ses souvenirs. Il jette avec hargne le minuscule appareil hors de prix sur le siège du passager. Il lève le pied. Il crie : « Maudit ! »

Après un moment — et trois respectables gorgées —, il chuchote : « Bah..., coudon... »

Et c'est à cet instant précis, surprise et coup de théâtre, que du point mort la femme rejaillit, stabilise sa voiture à la hauteur de celle de l'homme et lui balance un dionysiaque sourire en élevant vers lui, pour lui croit-il, un flacon d'il ne saurait trop discerner quel alcool. Ensuite elle le double, habilement se rabat sur la droite — directement devant l'homme — et lui envoie la main avec grâce, d'un geste sûr, empreint d'une félicité comme on n'en voit plus. Le regard ivre de tendresse de la dame se rive au rétroviseur, le même regard que la première fois, celui qui sourit, qui a confiance, qui consent ; celui qui ne craint pas ce qu'il ignore. L'homme reste interdit — à cent à l'heure, il est immobile (un des plaisirs de la route), béat.

Mais voilà que la femme emprunte une bretelle de l'autoroute.

L'homme réagit trop tard pour la suivre (heureusement d'ailleurs : ne point trop tenter diable et désir), mais accélère afin de remonter à nouveau à sa hauteur, pendant qu'il est encore temps (autoroute et voie de service, bénédiction, se côtoient). L'espace de quelques secondes, les deux automobilistes se voisinent. Leurs regards à plusieurs reprises s'entrechoquent. Ils rient ensemble, trinquent ensemble, foncent ensemble sur l'asphalte qui coule.

L'homme tâte le velours sur sa droite et récupère son magnéto. « Ce qui vient d'arriver, ce qui arrive, ces rires, ce déminage, un homme et une femme qui ne se rencontreront jamais plus, ces routes qui un moment donnent à croire qu'elles mènent ailleurs, c'est une des plus belles..., c'est une des grandes... C'est une des plus intenses..., shit ! je sais pas nommer ça... SHIT !...»

Il réfléchit.

«Une des belles histoires d'amour, tiens..., ouais, d'amour, pourquoi pas d'amour ? de ma vie. »

Même s'il n'a pas su, dans les corridors de sa tête aux images atrophiées, trouver le mot, même s'il cherche encore et tâtonne encore, il ressent un vif accès de vérité en son habitacle et son âme, tout plein de vérité dans chacune des aspérités de sa conduite intérieure bleue, et c'est l'occasion d'une gorgée insigne, mémorable, qu'il se refusera à décrire tant elle était belle.

Mais quelque chose le chiffonne.

«C'est quand même terrifiant que désormais, pour tant d'entre nous, tout se résume à l'amour. Comme si dès qu'on approchait certaines personnes, ou qu'elles se laissaient approcher, la seule chose qui monte, la seule qui puisse monter, ce soit l'amour. » Plus bas, il reprend : «Comme si, avec ces personnes-là, il ne pouvait rien exister d'autre, rien d'assez vrai, ou d'assez sûr, pour qu'on ose le vivre. On préfère l'absence, la douleur, je suppose, plutôt que d'aller voir entre le néant et l'amour, harponner ces trucs rouges qui battent, qui vibrent. Ils effraient, je suppose. Ce qui vibre trop ouvertement effraie. » Et, encore plus bas : «Tout ou rien, dans notre monde, l'enfer ou le paradis, la passion ou l'indifférence, partir pour toujours ou ne pas bouger ; de moins en moins de possibles entre le néant et l'amour... Terrifiant. »

La grande dame décélère : il lui faudra dans une seconde s'engager dans une courbe franche qui à jamais les éloignera.

L'homme lui adresse un signe du bout des doigts de la main droite, la salue, de si loin déjà. Elle fait de même, tourne, disparaît.

Leur rencontre, dès lors, tombe sous le règne du souvenir.

« Une autre belle niaiserie, ça..., soupire-t-il, le règne du souvenir... » Il regarde son magnéto d'un air profondément dépité, comme si ses propres contradictions occupaient maintenant le siège du passager et qu'il devait converser avec elles.

L'homme se morigène de n'avoir pas zieuté tout son saoul, de ne pas avoir assez profité, d'avoir pensé pendant : « Tu passeras toujours à côté, hein ? Quand ça survient, t'es ailleurs, dans ce que ça pourrait être, dans ce que ça représente... » Un kilomètre passe. « Crée loque. »

Il roule une dizaine de minutes.

Il commence à siffloter.

Il est parvenu, croit-il, à maîtriser cette sombre histoire, à la vaincre.

La cassette entière de Marie Carmen déroule. Il y va pour une seconde écoute, beaucoup plus fort. Il longe le fleuve, côté nord, direction est. D'abord il fait du *lipsync*, puis il chante avec la rockeuse. C'est l'automne. Des essaims de tireurs polluent les abords du lac Saint-Pierre. Il perd d'un seul coup le goût du rock : il se penche et retire la cassette. Il en tâte quelques autres, en prend une sans regarder, la pousse dans l'appareil. C'est un enregistrement pirate : un mélange d'opéras connus. L'homme est touché par sa veine car il adore cette cassette, il perçoit même un signe dans ce choix, une manifestation concrète qui confirme l'ascendance de l'aléatoire dans sa vie. Il décide qu'il roulera longtemps, aujourd'hui, il enjambera franchement le Saint-Laurent via le pont Laviolette, il ira se recueillir vers minuit sur la tombe de son père, loin au sud. En cette fin de jour et brièvement, ses errances auront donc un but. Il sourit.

Et voilà : un flic le prend en chasse. Tout à ses ailleurs, l'automobiliste avait accéléré. Pas trop, mais un peu : cent cinq, cent dix. Il était pour ainsi dire respectueux des règles routières — si ce n'est la bière —, mais chez les flics, le réflexe de la poursuite se déclenche pour un rien.

L'homme n'entend pas la sirène à cause de l'opéra dans sa tête. À la vue des clignotants, il réagit toutefois en pro : il étire le bras (sans bouger les épaules pour ne pas éveiller les soupçons de l'archer du Roy) et parvient à loger la grosse bière (vide depuis la sortie 166 Louiseville) entre le siège du conducteur et la portière. C'est très risqué et il le sait : sortir de son véhicule ferait la bouteille se fracasser sur le bitume. Il jette son veston sur le goulot. Il se range. Le policier fait de même. De sa voix de source, comme de petits glaçons sur une peau chauffée au soleil, Julie Covington entame *Don't cry for me Argentina*, la sidérale échappée tirée d'*Evita*. (La coïncidence, en d'autres temps, d'autres lieux, ferait certes sourire l'imprudent conducteur.)

Le policier s'approche du véhicule. L'homme descend sa vitre. Covington, de laquelle l'automobiliste n'en attendait pas tant, saute littéralement à la figure de l'agent. Celui-ci accuse le coup mais se ressaisit. Il demande: « Voulez-vous baisser l'son d'vot'radio, sivouplaît ? » Il est jeune, poli, costaud et rasé. Il se dandine un peu.

L'homme n'a pas vraiment entendu, mais il devine de quoi il est question. Il regarde l'agent, et ensuite le fleuve, puis de nouveau l'agent. Posément, l'œil fixé sur son volant, il fait non de la tête. Il espère ne froisser personne.

Devant ce refus aussi étonnant que stylisé, le sbire reste coi. Un camion remorque chargé de longues tiges de fer roule derrière lui et fait trembler le monde. Le flic vacille. D'une voix plus forte, il répète : « Voulez-vous baisser l'son, mesieur ? » L'homme, très courtois, soupire : « Non. » Le policier, étonnant de douceur, paternel — qui peut-être ne veut pas être en reste, qui manifestement a très bien assimilé les notions de psychologie dans les nouveaux cours de l'Institut —, clame : « Mesieur, je vous demande d'obtempérer ! »

L'homme redresse l'échine, lève le bras gauche et de son index pointe son oreille gauche. Le policier a un geste de recul : il pose la main sur l'étui de cuir où dort son arme. « Comment dites-vous ? » hurle l'homme, de manière à couvrir lui aussi la musique. Le policier fronce les sourcils. Il semble fort embêté. Il crie : « Je vous prie d'ob-tem-pé-rer ! »

Le visage de l'homme alors s'éclaire. Il dresse l'index vers le ciel et turlute : « Ah-ah ! na-na-non... Op... Op-pe. »

Le policier ne comprend pas tout de suite ; il se penche vers l'avant mais laisse sa main en vigile sur le revolver. L'homme jette un regard vers l'étui. Il comprend soudainement la désastreuse méprise de l'agent et souhaite bien entendu l'apaiser : « Non-non-non, officier, vous vous abusâtes : ne vous inquiétez pas... Je ne suis pas armé... Je ne vous veux pas de mal. »

Il prend une longue inspiration et précise : « Op... Op-pe... Op-pe-tempérer. On écrit ob ; on prononce op. Eh oui... Que voulez-vous : on observe et on obtempère par écrit, c'est exact, mais quand on parle, on op-pe... » Son ton se fait moins didactique. Sur celui de la confidence, il ajoute : « Entre nous, je vous avouerai que je ne comprends pas toujours, moi non plus, mais c'est comme ça... »

L'homme en civil, rassuré d'être utile, sourit amicalement à l'homme en uniforme.

Le policier marque un temps d'arrêt absolument magnifique, ses joues changent subtilement de couleur, puis il lance d'un ton carcéral : « O.K., mesieur le spirituel... Groumeloumeloum. Descendez d'vot' véhicule, j'vous prie... Groumeloum. Deux ou trois tesses de routine... » Suivent quelques autres baragouinages qui malheureusement demeurent incompréhensibles.

Le spirituel pense un instant à son affaire. Encore une fois on le comprend mal ; encore une fois il blesse. Il suspend son regard au-dessus du fleuve étale, il pense à Anne Hébert et au vol silencieux de l'expression juste quand enfin on lui permet de s'élever seule, hors de l'ombre et de soi. Il se retourne vers le policier, fixe à nouveau son volant et, très doucement, persuadé d'être cette fois compris, il dit : « Non, crisse. »

Si seulement il s'écoutait, si seulement, et si cela avait la moindre chance de faciliter les choses, il ob-be-tempérerait, ah oui, il serait parfaitement d'accord pour obbetempérer tant qu'il faudrait. Il s'élancerait hors de sa voiture, ferait fi de la circulation intense, gambaderait un moment à travers les véhicules des humains ébahis et méfiants qui l'observeraient au passage, comme à Hemmingford, courrait enfouir dans le terre-plein sa bébelle hors de prix, foulerait la terre autour de la fosse et danserait de longues heures, les yeux aux cieux, les yeux dans l'eau, sur une musique sans paroles. De retour à sa voiture, après au moins une nuit d'absence, il offrirait à ce sympathique agent, qui l'aurait évidemment attendu, de s'embarquer avec lui sur l'heure pour Macao afin d'y claquer une brosse des dieux en sa compagnie, une cuite ferroviaire, une de ces historiques virées desquelles naissent parfois des pays entiers.

Là, maintenant, tout de suite, sympathique agent, oserait-il. Allons, c'est moi qui régale, n'ayez pas peur, venez...

Tout de suite.

Sainte-Marcelline – Joliette
septembre 1990 – décembre 1991

LA POSTURE

Amants

Ils ne parlent pas. Ils se dévêtent seuls, cette fois. Ils s'étendent sur le plaid et leurs mains dans la pénombre tâtent, retrouvent, reconnaissent. Après un certain temps leurs corps se joignent, dans la chambre douze d'un hôtel du centre-ville, rue Saint-Hubert. Après l'amour ils se lèvent, l'un tourne les jalousies, les deux regardent de biais, par la fenêtre, un chantier en face du terminus. Ils observent à travers les vieilles lamelles de bois. Ils lisent dans un journal qu'il y aura bientôt là des bancs, des arbres, peut-être une fontaine; un parc pour le trois cent cinquantième anniversaire de la ville de Montréal. Ils retournent vers le lit, à leur rencontre, après avoir regardé le chantier. Cette fois ils foncent vers ceux qu'ils sont, ils serrent les dents et se trouvent tout de suite. Après ils rient.

Ils sont tous les deux de la province. Lui près de Hull, elle de Charlesbourg. Présentés l'un à l'autre à l'université, ils se revoient par hasard six ans plus tard et se souviennent même du prénom. Ils couchent maintenant ensemble tous les mois à Montréal. En février le deuxième vendredi, en mars le premier samedi, en mai et en octobre parfois tout un week-end à cause d'un congrès, d'une biennale, d'un imprévu explicable et compréhensible. Rendez-vous imparables. Personne ne se doute. Seize ans. Ils se voient dans cet hôtel anonyme, une fois par mois, depuis seize ans. Ils en ont tous les deux quarante-sept. La facilité avec laquelle ils absorbent le secret les étonne. Ils se considèrent tantôt honorables, tantôt ignobles. Des exemples ou des saletés.

À chaque rencontre ils se serrent, se taisent, redécouvrent le corps de l'autre et le leur, font l'amour à deux ou trois reprises, rarement davantage. « Une trentaine de vraies baises par année... » a-t-elle chuchoté un jour pendant la pluie.

Une fois il lui a apporté des fleurs. Elle a pleuré et il n'en a plus jamais apporté. Une fois elle l'a regardé longtemps dans les yeux et lui a offert un cristal triangulaire. Elle a murmuré : « Maintenant il est à toi. Ne laisse surtout personne y toucher... » Il a fumé une cigarette en attendant qu'elle se calme. Il a demandé : « Ça va aller ? » Elle a répondu : « Oui. Je crois. Ça m'arrive encore de... » Elle s'est laissée tomber dans le fauteuil de similicuir. Elle a grimacé, le similicuir était trop froid pour sa peau nue. Il a proposé : « Badtripper ? » Elle a souri. Elle a répété : « Badtripper. »

Il regarde son dos quand elle est à la fenêtre. Il couvre tout son corps de caresses. Il la tient fermement et la masse : les poignets, les mains, les épaules, la taille, les seins quand il est derrière elle. Il voudrait avoir plus de mains. « J'ai peur que tu t'échappes, a-t-elle cru entendre un jour, j'ai peur que tu t'échappes quand nous faisons l'amour... Je veux te tenir plus fort. » Elle a écouté tant qu'elle a pu, ce jour-là, mais elle n'a plus rien entendu. Elle lui a offert, ce jour-là, comme tant d'autres jours, tout son corps et bien plus que son âme. Elle ne fuit plus l'extase de l'offre entière. Elle accueille le gouffre qui lui succède comme elle modifierait l'angle d'un panneau du décor.

Une fois, elle cesse de respirer et de battre des paupières. Elle échappe : « Attache-moi, t'en supplie, me sens vide, si légère... » Il prend bien garde, cette fois-là, de ne pas tomber dans ses yeux béants ; il la serre, l'enserre, la prend, tout à fait comme elle est, il la retient près de lui dans ce monde et il ne dit pas : Je t'aime. Il loge sa jambe entre les siennes et elle frémit. Elle referme ses cuisses sur le genou de cet homme si exactement à sa place entre ses jambes à elle. Ils se soudent afin que s'apaisent les sanglots, ils s'enchâssent l'un dans l'autre afin de ne pas crouler sous les assauts du fléau d'armes : ces sentiments pleins de clous, ces gestes immuables, ces façons de faire et de ressentir qu'on leur a enseignés : la bonne manière.

Entre les étreintes ils mangent sur une table de métal. La patronne a monté du vin, des fromages et le journal avant leur arrivée. Ils boivent le vin dans des verres Coca-Cola. S'ils désirent une autre bouteille ils sonnent. Ils pourraient obtenir une chambre avec cuisinette, maintenant, la patronne le leur offre, pour vous le même prix bien sûr. Ils refusent.

Elle aime la tiédeur de ce lieu, le chauffage au gaz, l'odeur de leurs corps et ce qu'elle nomme le stade dernier de l'amour : l'immobilité parfaite dans la sueur qui sèche. Elle hume ses chemises quand il est assoupi. Elle respire ses mains et ses chevilles. Elle allume cinq bougies, rien que du soufre dans l'air, pas d'encens, pas de parfum. Elle respire sa tête grise et colle son oreille dans son dos. Elle sourit et chuchote : « Badtripper... » Elle fredonne et ça l'éveille. Il est ébouriffé et il est beau.

Ils ont chacun leur vie. Ils ont chacun leur conjoint. Ils aiment leur conjoint. Ils ont des enfants. Elle quatre, lui deux. Ils ont amené des photos déjà. De beaux enfants. Ils ont leur travail. Ils aiment leur travail. Ils ne parlent jamais des enfants, des conjoints, du travail. Elle paie avec Visa l'hiver et le printemps ; les relevés jaunes ne l'incommodent pas, même par la poste. Il paie comptant l'été et l'automne ; il préfère comptant. Ils ne parlent jamais dc projets. Ils sont sûrs pour l'hiver et l'été suivants, presque sereins, ils craignent un peu la fin, mais ils n'ont pas de projets. Ils ne veulent pas risquer ceci, cette chambre, l'autre, ils ne consentiront jamais à ce que s'évanouissent ces moments pour le seul petit bonheur de projets nourris.

Quand il la serre c'est elle qu'il serre. Quand elle le serre c'est lui qu'elle serre. Quand ils sont dans cette chambre, ils y sont. Leurs gestes sont fluides, leurs esprits paisibles et leurs corps prêts à tout.

Des gémissements couvrent le grondement des tracteurs du chantier et soudain le sol tremble pour l'un d'eux mais leurs yeux à tous les deux sont si sombres depuis un si long moment, si sombres, que c'est pour les deux que le monde entier se contracte. Cette fois c'est lui qui d'abord l'accompagne chez elle. Il est reconnaissant qu'elle le laisse ainsi l'accompagner. Puis elle l'accompagne chez lui. Ils veillent sur l'autre quand l'autre parvient chez lui, dans le mou du lit. Parfois, c'est fou, ils vont ensemble dans la maison de l'autre et c'est pour les deux que le sol s'entr'ouvre, c'est complètement dingue, ça arrive.

Ils pleurent deux ou trois fois par mois dans l'hôtel le plus anonyme de la rue Saint-Hubert depuis seize ans. Ils parlent peu. Ils comptent sur l'autre pour deviner. Et l'autre oui devine, quelquefois, c'est complètement fou.

Ils se moquent du trois cent cinquantième anniversaire de la ville de Montréal. Ils se moquent des bijoux, des serments, des livres et des rois. Ils se jettent dans l'amour du corps après tout le reste, après le vin et le silence, ils s'abandonnent au milieu des rires ou des larmes ça dépend, et les orgasmes c'est évident montent et les fauchent, mais leur regard s'est assombri longtemps avant et il le restera pour ce qu'il faut bien appeler l'éternité. Aussi, parfois, prennent-ils bien garde de ne pas se toucher et se prendre. Surtout pas l'amour. Juste eux, là. Car s'il est exact qu'ils se cabrent violemment sous l'orgasme, l'amour est tout de même déjà dans leurs yeux liquéfiés, lancé depuis un long moment sur son imprévisible trajectoire, et sur son erre l'amour va, les entraîne, laboure le sel et dépèce l'écume, enfonce pour eux les portes de la mer.

De la fenêtre de la chambre, de biais, ils voient naître un parc devant le terminus. De temps en temps l'un d'eux écarte les jalousies et il y a la lune dans le ciel.

Sainte-Marcelline – Joliette
avril – décembre 1991

À la merci

Aux bovins

I

Rixe, coin Sanguinet et Ontario, au tournant de novembre.

Occasion d'agiter un mouchoir mauve dans le couchant, de glisser un mot sur cette hargne qui se tournera vers n'importe qui, pour autant qu'il ou elle encombre le chemin, quand ça pète.

Déflagration dont personne n'est à l'abri, qu'aucune force, surtout pas policière, ne saurait prévenir ou réprimer.

Éclats d'os et de voix, dans mon monde, qui guettent mon monde, parce que mon monde a choisi d'être comme il est.

II

Le bovin est en Ford *Escort* deux portes. Il heurte du pare-chocs ton propre pare-chocs. (Tu clignotais, tu attendais qu'un automobiliste courtois te permette de bifurquer vers ta gauche. C'est vrai que tu retardais la circulation.) Sous le choc, tu jettes un coup d'œil au rétroviseur, tu penses à une manœuvre maladroite, tu lèves déjà la main pour signifier qu'allez, ça va aller, rien de grave, on passe l'éponge.

Le bovin appuie sur l'accélérateur : son moteur gronde, son auto pousse la tienne. Tu es décontenancé, tu te crispes sur le volant, tu enfonces la pédale de freins, tu ne sais plus quoi faire, tu te crois dans un mauvais film, tu penses à *Duel*, le premier de Spielberg, puis à *Surprise sur prises*, mais tu n'es vraiment pas assez célèbre.

La poussée s'arrête. Le bovin jaillit de son véhicule et fonce vers ta voiture. Tu n'as d'autre choix que de *décrisper* au plus sacrant et de sortir à ton tour.

Tu reçois le premier coup sans avertissement : ça te gèle sur place. Tu sens ta lèvre gonfler. Tu te souviens de ta deuxième commotion cérébrale, une collision avec... avec qui déjà ? Maxime ? ou alors Ouello ? Le Zac peut-être ? en tout cas avec celui qui patrouillait le champ gauche, il y a des années, au tournoi de Saint-Zéphirin. C'était pourtant bien à toi, au troisième but, qu'il revenait de capter cette haute et si belle chandelle... Tu as oublié si le type au bâton a été retiré.

Des étudiants du Vieux-Montréal observent l'incident. Certains plus sensibles resteront à jamais marqués d'avoir ainsi été les témoins inopinés d'une fraction de l'existence et de sa volatilité.

Tu te ressaisis, vous vous poussaillez, le bovin porte un second coup que tu pares de l'avant-bras. Tu cries : « Aïe ! Es-tu fou ? »

Le bovin hurle : « Oué ! Oué chus fou ! Pis à net ! »

Il est surtout rouge.

Tu esquives facilement un crochet du gauche. Tu te rappelles avec amertume toutes les heures dans les gyms, les centaines de kilomètres de jogging, les haltères, les lettres saturées d'espoir postées à Ben Weider pour son infaillible méthode d'enfant de pute, ta jeunesse, les réflexes si chèrement acquis, les parties de *vingt-et-un* sans quitter une seule fois la ligne de *free-shot*, les centaines de reculs directs dans la poche protectrice du quart, ces gestes mille fois répétés, ce corps enfin formé, uniquement pour que des frères te remarquent, pour que des filles te remarquent, t'aiment.

Alors, tu perds la tête. Complètement. Et c'est bon.

Tu t'élances et tu frappes comme un possédé. Toi. Tu frappes.

Et tu te demandes, en frappant, si c'est ta vraie nature qui se pointe, coin Sanguinet et Ontario, et si elle n'y restera pas à jamais, coulée dans les trottoirs en réparation.

L'un de tes coups porte : tu le sais au bruit et à la douleur dans ta jointure : ton coup a porté. Le bovin est ébranlé. Par ton poing d'abord, mais aussi par la surprise de rencontrer une résistance, de trouver preneur ; il se demande sincèrement d'où cet uppercut, comme un TGV, a bien pu jaillir.

Tu te sens moche d'avoir atteint la cible, tellement moche d'avoir frappé, de le faire encore, d'en avoir envie, sur ce crétin de bovin de tarla d'épais de pas-brillant d'imbécile. Tu as la trouille, c'est ça la vérité, tu as peur à brailler, peur de cet homme qui un instant plus tôt conduisait ta propre voiture, et en fait tu brailles, tu t'en rends compte maintenant, et c'est peut-être pour ça que tu frappes avec autant de rage. Tu marmonnes au milieu de tes sanglots que tu devrais arrêter, ça n'a aucun sens, tu devrais respirer par le nez, envisager tout cela sous un angle critique, c'est assez, il faut prendre le numéro de plaque, ce type sur lequel tu cognes est un malade, voilà, tu vas cesser de frapper et te retirer une bonne fois afin de soigner tes blessures, c'est ce que tu vas faire, et tu frappes encore.

Un autre de tes coups atteint la cible pour la peine. Une dent saute. Le bovin plie les genoux, gémit, saigne.

Tu t'arrêtes, tu regardes ta main, tu relèves les yeux. «C'est pas possible», dis-tu. Tu t'adresses aux badauds interloqués. «Pas possible, qu'est-ce qui se passe?» Personne ne te répond, personne ne possède de réponse.

Tu te calmes, tu prends une grande respiration, tu retournes vers ton véhicule en te frottant la main et en pensant que pendant une bagarre, sans doute, une vraie dégelée ou une escarmouche anodine, un malchanceux pourrait très bien contracter le sida. Tu es presque de retour à ta voiture.

Mais en effleurant la poignée de la portière — tu voudrais t'envoler pour le Brésil, pour de bon t'y cacher, peut-être y retrouver une femme, de toute façon fuir, oublier, quitter ce mauvais théâtre — en effleurant ta portière, donc, un éclair de lucidité t'aveugle, tu perds contenance, tu paniques, et tu repars en courant, en gesticulant, vers le véhicule du bovin. Tu es dégoûté qu'il existe, cet homme. Tu lui feras payer cher cette existence. C'est totalement déraisonnable. Tu cours. Tu es rapide et furieux. Tu feras payer.

Le bovin te voit arriver. Il comprend pour de bon l'étendue de sa propre erreur, ne foncera plus jamais sur de trop parfaits inconnus, veut remonter en catastrophe dans sa voiture, fait tout pour s'y réfugier à temps, y parvient. Il roule des yeux fous. Il referme la portière et la verrouille. Il étend le bras vers sa droite pour faire de même avec celle du passager, crois-tu.

Tu te penches sur la Ford *Escort* deux portes du bovin, tu donnes un violent coup de coude dans la vitre et la vitre se fracasse.

C'est à ce moment que tu reçois la décharge en pleine face. Le col de cuir de ton blouson et la moitié gauche de ton visage sont arrachés par les plombs. Une jeune étudiante en Beaux-Arts du cégep du Vieux est horrifiée par un lambeau de ta joue sur son avant-bras.

C'est toi qui meurs. Voilà une des choses qu'il faut révéler. C'est toi qui es buté.

III

Alors le buté, s'élevant doucement vers le Grand Carrefour, arrive à la hauteur du dernier étage du gratte-ciel de la Laurentienne.

En montant, le bougre s'est une dernière fois interrogé : Tiens ? Qu'en est-il de la mode des ascensions ? Qu'en est-il de cette poussée du léger, en cette fin de siècle, cette apparition assez naïve d'un ailleurs qui surplombe ? (Il n'a pas tourné en dérision ; il n'a pas dénoncé : il a seulement repéré la parenté et s'est interrogé, c'est tout. Mais maintenant c'est terminé.)

À la hauteur du dernier étage de la Laurentienne, il marque donc lui aussi une pause résolument dérisoire, et de ce promontoire nuageux, comme dans le film de Wenders, comme dans celui de Rozema, il jette un regard par-dessus son épaule. Il discerne très bien le coin de rue de sa mort : Sanguinet et Ontario. Il discerne clairement, de cette hauteur, une forme, sur la chaussée, secouée de convulsions, et puis plus rien, plus un seul mouvement.

La forme qu'il perçoit, qu'il perçoit enfin, c'est son propre corps, couché sur le ventre, les bras et les jambes formant une étoile finalement immobile sur la ligne blanche.

Il est assez remué par l'attroupement autour de son cadavre. Il entend au loin les sirènes des voitures de police et remarque l'habileté avec laquelle le bovin, à bord de la Ford *Escort*, se faufile en toute hâte vers la rue Sherbrooke. Sur la gauche, le phare de Place-Ville-Marie l'aveugle. Sur la droite, la croix du mont Royal a des ratés.

Il entend une voix étrangère qui lui rappelle celle de Bobino-Sanche, grand frère au melon de Bobinette-Lamer, les intouchables de son enfance : « Préférable que ce truc soit arrivé à moi, dit la voix, ça aurait aisément pu être un autre, un innocent, la femme de ce tordu, ou alors ses gosses, ou bien ma sœur, ma mère, ma blonde, ou une autre femme... »

La voix de Bobino alors s'éteint pour être remplacée par une série d'images d'une confondante opacité. Le buté distingue ainsi, avec difficulté, les femmes qui constituèrent les pôles de son existence, comme si ses pensées se chargeaient une dernière fois de foncer vers elles, lors même que lui, dans la nuit, reprend son ascension solitaire vers le Grand Carrefour, où il lui faudra, une ultime fois, choisir.

Montréal – Joliette
novembre 1990 – décembre 1991

La penderie

*C'est pourquoi ces êtres porteurs de déséquilibres
latents, en dépit de leur nombre relativement faible si
on les compare à l'ensemble de la population, n'en
constituent pas moins des sources éminemment
dangereuses d'infection. À cause, en particulier, du
fait que l'homme réputé normal ne dispose que d'une
connaissance fort limitée de lui-même.*

Carl Gustav Jung
Présent et avenir

*C'est à ce moment-là que la déchirure s'est produite.
J'ai eu brusquement une très vive sensation de froid.
J'ai eu très peur d'être seul et je me suis senti comme
un enfant abandonné. J'avais beaucoup de mal à
respirer.
Je ne sais pas exactement ce qui m'a pris : je me suis
réfugié dans la penderie de notre chambre. J'ai
refermé la porte et il ne restait qu'un tout petit rayon
de lumière. Alors, dans la pénombre, j'ai craqué
complètement : j'ai pleuré sans aucune retenue
pendant je ne sais combien de temps, secoué par des
hoquets et des frissons.*

Jacques Poulin
Le vieux Chagrin

I

Il revient enfin. Il dépose son matériel et retire sa chemise à carreaux. Il porte encore, sous la chemise, une de ces camisoles trop larges, trop longues, beaucoup trop blanches, qui le suggèrent si bien. Il s'en défait aussi et la lance à travers la pièce. Elle s'accroche à l'abat-jour de métal suspendu au fil rouge. La camisole va et vient au-dessus du désordre de la chambre, comme un pendule pressé d'en finir. L'homme immobile observe le mouvement ; le mouvement éclaire le torse nu et le laisse aussitôt à l'ombre ; l'ombre s'empare de l'homme immobile. Cycle infernal, dans mon œil : une dizaine de torses fondus au noir.

La lumière mesure le temps, le bat, j'en suis sûre, au fer.

L'homme va au miroir, s'y inspecte, s'y juge, s'y noie.

Je dois prendre bien garde à ce qu'il ne me voie pas.

Ce matin, pour un jour au moins, je le hais. Il est si beau. Si loin.

Il règne un ordre implacable, une cadence, une indéniable logique dans le chaos inondant cette chambre. Ça n'arrête pas de m'étonner.

L'abat-jour en a fini de se balancer.

* * *

Il est étendu sur le lit. Il fixe le plafond de ses yeux sûrement verts aujourd'hui. Les bras repliés sous la nuque. Cette rose noire, tatouée sur son omoplate, et cet œil, dans les pétales de la rose, cet œil percé d'une épine, saillent légèrement sous ses muscles, gonflent jusque dans mes iris. Il pense au colis, j'en suis certaine. Il joue des biceps, les reluque sans désir, sans voix.

128

Il se croit seul.

Il lève les yeux vers la penderie.

Si je n'étais persuadée d'être tout à fait bien dissimulée, si ma cachette n'était prouvée sûre depuis si longtemps, je pourrais croire qu'il me devine, qu'il sait où je me terre, qu'il connaît mon regard et tout le poids que ce regard exerce sur ses tatouages. Mais je suis tellement bien cachée... À ce point hors de vue que parfois, je me demande si nous possédons réellement le droit, mon image et moi, de prétendre à traverser la nuit auprès de lui, comme nous ne pouvons pourtant cesser de le faire. Ce n'est pas de notre ressort.

Je me demande qui ce manège berne et qui mériterait d'en porter l'odieux.

J'ignore s'il peut discerner nos formes.

C'est impossible qu'il sache. Impossible.

Il fixe la penderie.

C'est impossible pour lui de savoir.

Et pour moi d'espérer.

*   *   *

Il arpente la chambre. Il va de la fenêtre à la porte d'entrée, de la porte au lavabo, du lavabo au secrétaire dont il ne s'approche plus. Depuis quatre jours, il ne sort que pour se procurer des bonbons à la menthe ou des cigarettes. Il avale un morceau avant de rentrer.

Le voilà qui gagne à nouveau la fenêtre, forme un cadre avec ses pouces et ses index, balaie l'extérieur. Je sais qu'il meurt d'envie de capter un morceau de cette ville, ou alors d'en prendre un quartier entier, quelques secondes, dans ses paumes. Bercer cette ville au creux de ses mains. Je le sais.

On dirait que cet homme a peur. Ou honte.

Il met le téléviseur en marche. Il zappe pour trouver un canal de musique. Il pousse une cassette vidéo dans l'appareil noir. Il visse la caméra sur le trépied. Il dirige l'objectif vers le seul mur vierge de la chambre et le moteur de l'appareil ronronne. Il filme le mur. Il va s'y adosser. Il reste là, en face du poste, relève son pied nu et patiente, sur une jambe, le zappeur à la main.

Je sais qu'il attend qu'une certaine chanteuse platine apparaisse. L'attente dure quelquefois une heure, deux, rarement plus. Je sais très bien ce qu'il va faire. Je sais le spectacle que ce fumier va m'imposer.

La voilà, la pute. Elle pétille dans son collant noir, pas tout à fait nue. L'homme enregistre la Platine et laisse la caméra tourner : elles, la Platine et la caméra, le saisissent, lui, devant le mur vierge. Il est de marbre, sur une seule jambe, comme une grue, et les moteurs tournent. Le magnétoscope capte la salope, se l'approprie, et la caméra emmagasine tout ce qu'elle peut du spectacle de l'homme par la pute hypnotisé.

Dès qu'il disparaîtra, j'en profiterai pour me ravitailler et me soulager, pour m'approprier ces lieux qu'il n'habite pas, pour jouir de l'instant qu'il ne songe qu'à conserver dans ses boîtes de tôle, sur ses rubans glacés.

* * *

On sonne à la porte. On sonne plusieurs fois. On cogne ensuite. On cogne plus fort. Puis on crie, on appelle. Il s'éveille. Il se lève. Une bouteille roule par terre et ne se fracasse pas sur les lattes de merisier. Il est nu. Il ronchonne d'attendre un peu. On cogne encore. Il crie plus fort. Même d'aussi loin, il pue de la bouche. Il passe un jean, trébuche, retrouve son équilibre en s'appuyant à la patère, va ouvrir en traînant la patère comme une béquille.

Un homme brun entre. Il porte un attaché-case qui lui va très bien, des lunettes, un complet pas assez froissé pour être vrai. Ils se connaissent. Ça paraît dans les lunettes du brun. Ils se serrent la main en pensant à avant, quand pour l'un et pour l'autre des tas de choses étaient encore possibles.

Les mains sont moites. Le brun fait le tour de la chambre, inspecte partout, semble rompu à l'idée d'agir, comme habitué aux gestes sans se soucier de leurs conséquences, sans tenir à les connaître. Il furète sans se gêner. Il touche, palpe, tourne, dépose. Ça dure près de cinq minutes. Cinq horribles minutes. Il voudrait apprendre, par les objets de la chambre, par leur emplacement ou leur forme, un secret qu'il ne croirait qu'en le découvrant seul. On ne peut rien révéler à ce brun. À voir avec quelle désinvolture il survole les choses, c'est évident, c'est évident qu'il ne cherche pas, pas vraiment. Il jette un regard inquiet vers la penderie mais se garde bien de s'en approcher. Je retiens mon souffle devant cet inconnu que je ne saurais aimer.

La porte d'entrée est restée ouverte. J'entends quelqu'un qui se gargarise dans la salle de bains. Je me dis Bonne idée à cause de l'haleine.

Mon impression est juste : le brun s'empare de réalités dont il ignore le sens, et que faire avec, et à quoi elles servent, et ce qu'elles sont. J'ai la certitude que du regard il viole, un viol total, par lequel disparaissent de ces secrets dont la victime n'a pas conscience de se départir, ou d'avoir été la détentrice. Je le hais, lui, et pas que pour un jour.

Il ouvre son attaché-case, extirpe le colis d'entre deux liasses de documents, le dépose sur le secrétaire. Il ressort sans avertir, sans saluer, sans dire s'il reviendra. Il n'a pas prononcé un mot. En tout cas je n'ai rien entendu.

J'entends quelqu'un cracher dans la salle de bains. Je me dis Bonne idée sans trop savoir.

Il sort de la salle de bains, aperçoit le colis, le saisit, le projette au mur en hurlant, attrape son blouson, sort, claque la porte, je ne crois pas qu'il poursuive le brun.

Je grignote dans le réfrigérateur. Un peu de ci, de ça, un cornichon sucré, une gorgée de lait, un bout de pain, du beurre d'arachides. Rien n'y paraît. J'ai besoin de si peu.

* * *

Je rêvais. Je me suis éveillée en sursaut. Mon bras a heurté des cintres de métal. Un boucan d'enfer. Ça a surgi dans la nuit, résonné, comme un doute dans ma tête, et l'a tiré de son sommeil.

Dans la pénombre, j'ai deviné qu'il regardait par ici. J'ai été très effrayée par cette ombre de visage éveillé : il se détachait du noir au rythme d'une enseigne intermittente du centre-ville. Ses yeux brillaient comme dans le soleil brillent des jaunes d'œufs gelés. Un visage en négatif dont les yeux polaires, les yeux jaunes, lançaient vers moi des éclairs. J'ai vraiment eu très peur.

Il s'est laissé retomber sur sa couche et a dû se rendormir. Je crois qu'il croit qu'il a rêvé, mais je ne suis pas certaine.

J'ai entendu un déclic.

Je pense que cette crapule a pris l'habitude de se lever la nuit, en silence, et de braquer sa caméra vers la penderie.

J'imagine que cette ordure commence à avoir des doutes et qu'il ignore comment réagir.

*   *   *

Je devrai peut-être changer de cachette. Pourtant, la penderie me plaît. C'est plutôt sombre, c'est vrai, mais j'y suis à mon aise, je peux m'asseoir ou m'étirer, voilà tout ce que j'exige, et cette faible source de lumière me convient très bien. Maintenant, je connais mes murs : je les touche du bout des doigts, les parcours, parfois, et quand j'y mets assez de ferveur, j'ai l'impression de caresser un copain en larmes, comme si j'y pouvais quelque chose.

Mes rares affaires sont roulées dans le haut, dans le coin, sur la tablette supérieure, là où il ne va jamais : ses bras sont beaucoup trop courts. Mes affaires sont en sûreté dans cet espace qu'il ne peut rejoindre, au bout de ses bras trop courts.

Il fixe la penderie avec tant d'insistance depuis quelques jours... Il doit s'interroger, soupçonner le mouvement derrière l'immobile, deviner ma présence. Je crains de le voir surgir au beau milieu de la nuit. Je crains qu'il cède à la curiosité, au besoin de savoir. Je crains qu'il me surprenne assoupie, sans défense, livrée.

Si j'émigre, ce sera sous le lit ou dans le vieux coffre du coin, là où s'empoussièrent les bobines de huit millimètres et les carnets. Je verrai.

*   *   *

Ils ont fait l'amour. Encore.

Il s'est enhardi, lui a chuchoté des secrets terribles à l'oreille, assez haut pour que j'en saisisse quelques bribes.

Une ordure comme je ne croyais pas qu'il en existât.

Ils ont louvoyé sur le lit. J'ai un moment été persuadée qu'ils rampaient, mais d'ici je ne peux me faire une idée valable de leurs jeux, surtout quand il s'agit de détails pareils.

Ils se sont finalement stabilisés. L'un sur l'autre, lui sous elle, elle dos à moi, lui face à la penderie, son menton à lui posé sur son épaule à elle, elle qui doucement vibrait, montait, descendait, cherchait le passage par lequel le corps pourrait se faufiler, effleurer la voûte.

Cet infiniment calme va-et-vient, telle une lame dont le fil glisserait sur mon corps mutilé, m'interdisait de bouger, comme si cautionner leurs tentatives relevait de moi. C'était intenable. Il lui a chuchoté des mots à l'oreille : je les ai entendus. Ses halètements à elle se sont amplifiés, toujours, de plus en plus saccadés, insupportables. Et puis elle s'est tue, s'est profondément détendue et puis subitement cabrée, elle a joui dans un long râle brûlant et ses ongles ont pénétré la peau du dos, griffé la rose noire et l'épine tatouées : mes ongles à moi se sont enfoncés dans le bois du mur, les échardes dans ma peau, une aiguille, le désir, violents.

La tête de cette femme, sa longue chevelure, la tête est retombée en arrière, molle.

Elle était belle, mon Dieu, si belle.

Alors, j'en suis presque convaincue, son regard à lui a croisé le mien, s'est attardé en moi, s'est durci, et il a donné un grand coup de reins pour ensuite se répandre en elle, à son tour.

C'est tout à fait ce que je pense, exactement ce que j'ai vu, vraiment ce que je veux dire : un regard très dur vers la penderie, un regard d'acier suivi d'un grand coup de reins, puis en elle, se répandre, à son tour.

Je me suis évanouie.

*   *   *

Depuis l'incident du rêve et des cintres, il s'approche moins souvent de ma cachette. Je n'aurai pas à émigrer.

134

Je ne m'étais pas trompée pour la caméra.

Voici donc comment il réagit à l'incertitude : il dirige un objectif vers les portes d'une penderie et sans doute arrive-t-il à cadrer au passage le coin d'un secrétaire où il ne s'assoit plus. C'est tout.

Pauvre, pauvre givre.

Avec le maximum de profondeur de champ, cependant, il faut bien le reconnaître, tout doit s'embellir dans cette boîte métallique, la nuit.

Peut-être tout s'éclaire-t-il, enfin, dans cette boîte, la nuit.

*   *   *

Il rôde. Il tourne les talons avant d'arriver au secrétaire. Il doit craindre maintenant de me rencontrer, comme je doute désormais qu'il mérite de le faire. Il sort en ville plus souvent. Quand il revient, il fait beaucoup, beaucoup de bruit dans l'escalier, prend beaucoup de temps à insérer la clef dans la serrure. Si bien qu'il me serait possible de sortir moi-même avec quiétude puisque je pourrais regagner la penderie sans me presser : je sais qu'il prévient avant d'entrer ; je sais qu'il hésite et se demande, qu'il chahute afin de m'éviter.

Je pourrais sortir plus à l'aise, moins me hâter quand je parcours la chambre, mais je me dépêche quand même de réintégrer mon abri. Je ne suis pas assez sûre de lui. Il est homme à poser des gestes décisifs qu'il regretterait, certes, mais qui ne m'en auraient pas moins tuée.

Je commence, par sa faute, à craindre la tentative.

Il rapporte sans cesse de nouveaux objets. Des babioles : un caillou, une branche d'arbuste, un morceau de verre, un foulard, un lacet, des tracts. Dès qu'il est ici, il s'en désintéresse, comme si ces choses sur lesquelles il a enfin su poser la main n'avaient plus d'importance.

Tout s'accumule dans la chambre, pêle-mêle, c'est dégoûtant.

*   *   *

Il s'installe devant le téléviseur. Il croque des cacahuètes et les écales tombent en accéléré sur le sol. Il met le magnétoscope en marche. Il arrête l'image sur la pute platine à demi nue du canal de musique. Elle se trémousse à l'envers, la garce, dans le silence de la chambre, et c'est lui qui mène la danse, qui contrôle.

L'image se fixe sur la femme quand, après un sursaut, on distingue son mamelon. Mon regard peut un moment s'évader dans le gouffre ambré, entre ses jambes. Je me lancerais volontiers, si je n'étais moi-même, dans ce bel abîme. Bien entendu m'y perdrais. Volontiers.

La Platine, madone de fin de millénaire, est si habile... Elle feint si bien de s'offrir. Elle est si agile... Et, par l'homme, la voilà arrêtée-sur-image de l'agilité. Plaquée sur sa croix. Bien fait.

La main de l'homme descend sur son torse, son estomac. Il ouvre sa braguette. Il tient du bout des doigts le zappeur et de l'autre main, frôle sa peau blanche, jusqu'à l'aréole de son propre sein gauche. J'entends dans mon ventre rugir le cri de son âme.

Il presse le bouton du image-par-image. Il entre en fiction. Il laisse tomber le zappeur, saisit son membre, va, vient, retourne. La femme, *frame by frame*, danse. Il pince délicatement son mamelon, le tire, on dirait, à lui. Il écarte les jambes, détend les épaules. Il compose sur son corps étiré cette musique qui emplit la penderie.

Soudain, je dirais sans raison, un aller, un retour, rapides. Il allonge le bras et saisit un mouchoir de la main gauche. Il serre son membre dans la droite. Il fixe son gland. Sa main agit une nouvelle fois, s'arrête à nouveau. Et il recommence. Il me dégoûte. Il a conscience *d'être* dans sa main, de s'y tenir. Il s'approche et se laisse repartir.

D'horreur et d'envie je tremble devant cette emprise.

Mais la chaleur intense, entre mes parois, m'apprend que lui n'est plus rien, et que s'il n'arrive à s'oublier, moi je dois y parvenir, il le faut absolument, sinon je ne suis déjà plus femme, je meurs.

Quand il parvient à se détenir, à se croire imminent, il se perd, définitivement.

Chaque fois qu'il arrive à se freiner, il devient définitivement autre. Il me dégoûte et m'obsède.

Il gicle directement dans le papier mouchoir. Il regarde son gland et donne de petits coups de tête, à chaque jet.

Il gicle rapidement, comme d'épuisement, de lassitude, et sa tête bascule dans le fauteuil.

Il respire fort.

Brusquement, il se retourne vers la penderie et j'ai un mouvement de recul.

Je soutiens néanmoins son regard, comme s'il me voyait, comme si c'était ma main, mais très vite je n'en peux plus et je geins doucement en me laissant retomber sur les fesses. Je crois que je pleure : ce sont là des larmes sur mes joues, de vraies larmes, mes premières larmes de femme. Il n'est plus en état de m'entendre. Et moi de crier.

Je suis trop chaude et je dépends de lui.

De ce qu'il osera croire.

Je m'étends sur le sol. Je ne crains pas qu'il vienne, cette nuit. Le carrelage glacé sous mon dos humide me rassure. Le sommeil se dépose lentement sur moi. Il y a une éternité que je n'ai été aussi tranquille dans mon corps. Je sais qu'il nc viendra pas. Il s'est endormi dans le fauteuil. Demain, il aura mal au cou. Je vais parvenir à oublier cette pourriture. Pour un long moment.

L'espoir de l'oubli, sa proximité, me font du bien. Je vais dormir. La télé grichouille dans la neige. Plein d'écales sur le sol.

C'est au moment de m'assoupir que j'entends le déclic de la caméra.

Je me dis C'est pas possible. Je cherche le trépied dans la pénombre, mais je ne vois rien.

L'ordure.

Je me frotte les yeux. Je ne vois rien.

Je ne peux distinguer vers quelle cible il a cette fois tourné son objectif, mais je sais bien, je sais parfaitement.

* * *

Je ne dois rien à cet homme, et lui non plus, sinon d'être là, ou de revenir. Et outre ce retour, je n'espère plus grand-chose.

J'aurais voulu en apprendre la raison alors qu'il était encore temps pour moi de me convertir, connaître cette cause suprême à laquelle me vouer, mais rien, ni mythe ni dieu, aucun amour, ne semble assez fort pour contenir ma vérité. Je crois qu'on ne peut pas, là-dessus, m'imputer quelque faute.

Mieux vaut la penderie, le silence, et cette méthode, cette forme d'aveu à laquelle je me plie doucement, cette forme qui procède du vol avant que de très vite s'en détacher. Grâce à elle, il est encore plausible, supportable, de reconstruire, d'inventer, de gagner le bout de la chambre et de l'image, de fendre le filigrane, d'agir sur la pellicule et de la marquer.

D'épier. De dire.

Grâce à elle.

* * *

Il s'approche du miroir.

Il chuchote : « On va faire l'amour... Que ça... Ça va être doux... »

Ses lèvres frôlent la glace. Une fois. Deux fois. Il chuchote : « Que l'amour... Ça va être tendre... »

Il pense, le salaud, à cette femme, qui va le prendre, qui pourrait le prendre, comme il est dans la glace, comme il sent être dans la glace, comme il se veut, et ses lèvres appuient sur le miroir, poussent sur le miroir, et il se fond d'amour, il embrasse celle qui ne sera jamais, à sa place, devant lui, dans la glace, pour le voir, lui.

Qu'il est beau.

Il pousse sur le miroir, et moi sur la paroi, la paroi que je hais, qui me hait.

* * *

Il demeure absent deux jours entiers, deux nuits entières.

J'ai du mal à ignorer où et comment il traverse ses journées quand il ne traîne pas dans la chambre. J'ai peut-être peur.

Je profite de ces moments de solitude pour explorer plus à fond cet endroit.

Tout change si vite, dans cette pièce.

Je fais très attention de ne rien déplacer, bien qu'à maintes reprises j'en éprouve l'impétueux désir. Je voudrais laisser une lampe allumée, ramasser une chaussette, intervertir les dictionnaires sur le secrétaire, jeter des bricoles à la corbeille, étendre un peu d'amertume sur ce parquet, ancrer un peu de moi, ici.

Je remarque un petit carré jauni, probablement fiché sur le mur depuis des mois. Il m'avait jusqu'ici échappé. Je me dirige d'instinct, je pense, vers lui. Je veux lire ce bout de papier. J'ai soudainement et intensément besoin de savoir ce qui est écrit dessus.

J'entends du bruit dans l'escalier. J'enrage. Je réintègre mon placard. Je frissonne réellement de froid. Je touche ma peau et c'est comme si c'était lui.

Si je n'avais entendu du bruit, j'aurais assurément pu lire ce bout de papier, et sans doute l'aurais-je déchiré, brûlé, mangé. Assurément je l'aurais fait disparaître. Assurément c'eût été préférable pour tout le monde.

*   *   *

Une fois à l'abri, j'ai beaucoup réfléchi.

Et j'ai pris une décision capitale.

Cette coupure, sur le mur, jamais je n'irais la lire, jamais je ne la déchirerais. J'allais vivre dans le doute de la coupure et j'oublierais jusqu'à l'épingle fichée au mur.

Oui.

Je venais de décider l'oubli.

*   *   *

Je me recroqueville dans la penderie, tout pour m'y blottir, je réfléchis, je me rends compte que le bruit, dans l'escalier, tout à l'heure, ce n'était même pas lui, c'était un voisin, quelqu'un d'autre, ou le vent.

Ce n'était même pas lui.

140

II

À son retour, au bout de ces deux interminables journées, mon bonheur de le revoir et mon besoin d'être envahie par le parfum de ses frusques furent si grands, si exaltants, que je m'empressai de les refréner pour les garder en nous, à l'abri, de crainte de les égarer ou de les diluer si par malheur d'autres en étaient témoins.

Personne ne doit savoir à quelle extase nous pouvons accéder, personne, pas même moi.

Je dois apprendre à me mieux mentir.

*   *   *

Ne jamais se trouver dans la même pièce que celui qu'on aime au moment de lui confier l'amour. Ne pas le voir, ni l'entendre, surtout ne pas se laisser abrutir par sa présence, ou son odeur, son regard, ou leur absence. Ne pas se laisser entraîner. Comprendre l'amour aveugle et sourd. Au-dessus des sens. Deux cœurs voisins habitant deux pièces contiguës, sans issue visible, avec une fente dans la paroi mitoyenne, pour les lettres. Des chambres à ce point obscures qu'il sera impossible de s'y relire. Des lieux sans porte, avec un interstice dans le centre du mur commun, une fente très mince, les lèvres du mur, par laquelle ne pourra glisser qu'une seule feuille à la fois. Une feuille et quelques mots, pas beaucoup, ni trop lourds ni trop épais, pour que la fente suffise et que seuls les mots les plus simples, les plus légers, mais les plus appuyés aussi, qui marqueront la feuille, se liront du bout des doigts, puissent s'y faufiler, s'en sortir.

On saura bien, du plafond, un de ces jours, laisser descendre un long fil de soie, un fil par lequel une trappe, tout

en haut, pourra être ouverte, parfois, si on le désire sincèrement, ou si on y pense, afin que l'air se régénère.

Un plateau de tournage devrait être ceint de miroirs.

C'est lui qui l'a marmonné.

Il rêvait.

*   *   *

Du dehors montent parfois des rumeurs. Un tumulte
sourd. Comme une marche, une révolte. Cela survient plus
souvent quand il est absent et je préfère, car s'il n'est dehors,
c'est qu'il est endormi. Alors, le tumulte l'éveille, le jette
hors de lui et il panique. Il écoute une seconde le bruit qui
court et il pousse un grand cri et à nouveau vérifie, et il
secoue la tête et il hurle pour lui-même, tout bas, peut-être
dans son cœur, ou alors ailleurs, je l'ignore. Ensuite il donne
du poing, quelquefois de la tête, sur les murs. Les coups répétés finissent par défoncer ses parois, et c'est finalement sur
les miennes qu'il s'acharne, puisqu'il n'est qu'elles qui sub-
sistent entre lui et le monde.

Tout cela, inévitablement, nous blesse et nous éloigne.

Il se laisse choir sans se protéger.

Il hurle que ça hurle pour rien dehors et que ses cris à lui
demeurent inaudibles, soudain prouvés dérisoires. Il hurle
qu'au bout des hurlements du dehors, il n'y a que des
ténèbres.

J'ai peur et mal. Je crains que ces ténèbres qui le font basculer soient les mêmes que celles de la penderie. Les
ténèbres que j'aime, moi. Celles dont j'ai désespérément
besoin de la vitalité, désormais et pour des siècles, pour l'aimer et m'aimer.

L'aimer et continuer de m'aimer.

C'est tout ce que je demande.

Quand des rumeurs montent du dehors, je n'arrive pas à dormir.

Et si par malheur il est dans la pièce, alors j'attends qu'il s'effondre et je le prends du mieux que je peux dans mes yeux, pauvre enfant vautré sur le sol, accompagnant sa propre peine d'irréguliers sursauts de rage. Tant bien que mal, j'agonise avec lui.

En réalité, je préfère fuir les moments où le couple que nous formons se déchire sous nos yeux. Oh oui, fuir, combien je préfère... J'essaie cependant de m'étendre et de m'offrir. J'essaie de colmater cette brèche béante sur le merisier froid. J'essaie de le lui faire oublier. J'essaie.

Et j'ai l'impression d'y parvenir, parfois, quand la nuit est assez fraîche et que je me contente de ne plus entendre ses pleurs.

*   *   *

Malgré tout ce qui persiste à vouloir naître, il a de nouveau amené cette femme à la maison. Je ne sais plus qui amène qui. Je ne sais plus jusqu'à quelle blessure je dois, ou ai le droit de m'en soucier.

Ils se sont allongés sur les lattes et ils ont fait l'amour sans haleter.

Je suis certaine, cette fois, qu'il a laissé son regard errer jusqu'au mien, qu'il m'a vue, qu'il n'a fermé les yeux qu'au moment d'être plein de moi, qu'il n'a joui qu'au moment d'être sûr.

C'est la confirmation de mon propre regard avide que j'ai aperçue dans ces yeux-là. Ces yeux-là me détestent et ce sont pourtant mes yeux. Ces yeux-là ont raison. C'est la bête en moi qui les voit et qu'ils voient.

Je ne pourrai pas tenir longtemps ainsi.

Je ne suis pour rien dans les gestes inhumains qu'il consent à répéter pour satisfaire cette femme.

Malin qui réussira à me convaincre de ma responsabilité. Pour rien.

* * *

Quelquefois, je suis complètement hors de son univers. Je n'existe plus. Il me *fade-out*. Je ne comprends pas. Que ne sait-il que tout lui est permis, qu'il a le droit de vivre, qu'il n'a à craindre aucun reproche, aucun remords, n'a pas à se plier à cette culpabilité lascive qui le poursuit depuis toujours, quand il est question de moi ?

Que ne m'utilise-t-il ? Que ne s'appuie-t-il ?

Je ne supporterai pas qu'il ignore la fureur de notre lien. C'est moi que son apathie tronçonne, moi que sa peur tue, moi que sa crainte avilit. Je ne le lui pardonnerai pas.

Je regrette l'époque où ma présence demeurait un sentiment flou, quand je n'étais qu'un doute. L'époque où à son doute je pouvais me fier, où je ne souffrais pas qu'il m'oublie puisque je ne l'habitais pas. Je regrette le temps où j'étais seule à savoir.

J'ai peur qu'il me découvre, oui, mais également peur qu'il ne le fasse, ou qu'il se lasse.

Comme un autre doute, un doute sans moi. Épinglé sur moi comme cent dards de lumière.

Le voir. Juste le voir. Qu'il me ressente auprès et en lui.

Le voir et ne jamais lui parler.

* * *

Il me semble être née trop tard.

Depuis ma naissance, je tente de rattraper le moment de
ma venue en ces lieux, je tente de rejoindre l'instant initial,
sans parvenir à me souvenir, ou à le composer, à découvrir
ce qui en est la cause, ou qui, et pourquoi ; sans parvenir, surtout, à m'en définitivement moquer.

Il fait si noir ici, si froid parfois, quand il s'absente.

Des jours ont peut-être passé. La caméra tourne sans
arrêt.

Au bout de chaque cassette, il visionne en entier l'enregistrement. Il passe ainsi des heures devant l'image fixe de
la penderie, puis il glisse à nouveau la cassette dans l'appareil, il efface tout, il enregistre par-dessus. C'est à croire
qu'il ne cessera son labeur qu'à l'instant où le souvenir lui
conviendra. C'est à croire qu'il cherche dans les moments
passés un souvenir particulier.

Il ne dort plus, il ne s'absente plus que le temps d'un
ruban.

Heureusement qu'il est là. Qu'il revient. Qu'il revient
toujours.

J'ai un indispensable besoin de son retour.

J'aime cet homme loin au-dessus de la connaissance qu'il
possède de lui-même et de moi, et il ne supporterait pas de
le savoir.

* * *

Cette chambre devient mienne pendant ses courtes
absences. Je modifie maintenant sans peur aucune ce qu'il
me vient à l'idée de changer. Tout ici m'appartient.

Il rentre, aperçoit les modifications, s'y fait.

Il change la cassette, laisse tourner le moteur.

Il a cessé d'un seul coup de visionner les enregistre-
ments. Mais pourquoi ? Pourquoi donc ? Peut-être, qu'en

sait-il ? serai-je une fois visible sur son ruban de merde !
Peut-être déciderai-je de me montrer !

Pourquoi ?

Imbécile.

*   *   *

Il ne vaut pas la connaissance.

Il ignore quand cesser de préférer l'ignorance.

Il se moque de cesser une bonne fois de feindre. Sans
doute ignore-t-il que nous sommes.

C'est un être sans défense pour lequel je ne puis pas
grand-chose, une épave dont je serais le rêve éternel doué
d'ubiquité et doté de mille vies, s'il se prenait au jeu de me
découvrir et de m'aimer.

Oui.

Demain.

Je pars demain. Je n'ai pas le choix.

Et puis, du reste, si je me montrais telle qu'il espère que
je sois, me chercherait-il encore ou c'est lui qu'il continue-
rait d'aimer, qu'il essaierait d'aimer ?

Demain.

*   *   *

Il m'a enfermée ! Ce salopard m'a enfermée ! Il a poussé
la grosse malle, celle des vieilles bobines, celle-là dans
laquelle j'ai cru un jour pouvoir trouver refuge, devant les
portes à battants de la penderie. Il a calé un bâton entre la
glissière et le mur.

Impossible de me faufiler.

C'est comme si de sa main serrée sur mon poignet, il
m'empêchait à la fois de m'enfuir et de m'établir, de le quit-

146

ter et de me déployer, ici, près de lui, près de ce qu'il y aurait à devenir.

Il me veut sur un fil, l'ignoble.

Je ne peux plus quitter ces lieux et néanmoins ne pourrai les occuper sans son aval et son aide. Ce salopard attendait ma décision pour arrêter la sienne.

*   *   *

Le ronronnement de la caméra se fond dans les bruits de la ville qui mord, qui meurt, puis s'éteint, comme la ville, je pense.

Il ne change pas la cassette. Il laisse faire. Il ne filme plus. Ce porc ne filme plus. Il moud du café. Il en fait bouillir. Il boit une tasse entière en regardant la penderie. Il s'approche du secrétaire. Il s'assoit. Il pose ses coudes sur le bois teint. Il appuie son menton et ses joues dans ses mains. Il expire. Il prend une plume. Une feuille. Il ferme les yeux.

L'ordure.

Montréal – Sainte-Marcelline – Joliette
mars 1990 – décembre 1991

La nuit où il devint un homme

E lle s'appelait Danielle. « Avec deux ailes ! Hiii-hiii ! »
et son rire qui éclate. Folle et belle, Danielle, comme
une mousse aux fraises en train de se faire. Ils se con-
naissaient depuis longtemps. À dix-sept ans, trois ans c'est
une éternité. Ils sont arrivés chez lui, dans son nouvel appartement de cégep, en s'embrassant sur la bouche, bouches
grandes ouvertes, langues audacieuses. Ils se bécotaient souvent et se caressaient parfois, depuis le retour d'une activité
sportive, en autobus scolaire. (« Tu peux dormir sur moi si
tu veux. » « Je peux ? C'est vrai ? » Elle avait posé sa tête sur
son épaule et dormi.)

Ce soir-là ils avaient bu, et lui beaucoup plus qu'elle, vu
cette étonnante gêne, mais tous les deux demeuraient pru-
dents, vigilants, sans trop savoir cependant si c'était bien rai-
sonnable de le demeurer. S'ils se soutenaient l'un l'autre, en
entrant dans l'appartement, c'était pour éviter de trembler.

Chez lui, elle a omis de suspendre sa veste dans le placard. C'était la première fois qu'elle oubliait. Ils ne faisaient
pas de bruit en raison des colocs mais ils respiraient bruyam-
ment. Ils se tenaient par la taille en arrivant dans la chambre.

Il l'embrassait un peu partout en essayant de la déshabil-
ler. Il l'embrassait pour ne pas la regarder dans les yeux. Il

149

était déjà maladroit avec les boutons de la blouse, alors quand il a senti les mains de Danielle sur son ceinturon, il n'a plus su défaire quoi que ce soit, y compris le soutien-gorge, sidérante invention. Elle s'est occupée de tout.

Ils se sont étendus.

Le lit simple de cégépien, collé contre le mur de la chambre minuscule, s'étira sous eux, devint double, puis *Queen* et *King*.

Il baisait les seins, les épaules, il appuyait trop fort, elle le lui a murmuré, il a appuyé moins fort. Elle le serrait dans ses bras, elle a libéré sa main droite et touché son sexe. Il a tressailli. Elle a pétri le membre du bout de ses doigts, puis dans ses paumes. Elle l'a dirigé vers sa toison, et ensuite sa main est devenue hésitante. Son autre bras enserrait le corps avec moins de vigueur.

La chaleur était telle, dans le lit d'eau qui couvrait désormais toute la surface de la chambre, qu'il poussa un peu, certain que c'était là ce qu'il fallait faire, et son gland disparut dans l'ouverture brûlante.

Elle se raidit, cessa de respirer. Il s'immobilisa. Il entendit : « Non. »

Il était presque en elle... Il ne comprenait pas que son corps ne respire plus. Il dit : « Je t'ai fait mal ? »

Elle le rassura : « Non, non. » Sur un autre ton, elle répéta : « Non. »

Il releva la tête, il croisa enfin son regard.

Ils se fixèrent ainsi, l'un presque dans l'autre, pétrifiés tous les deux au-dessus de la tempête. Elle fit non de la tête.

Il retira le peu qui était déjà engagé. Il se laissa retomber sur le côté, leurs estomacs se touchaient, et sa bouche à lui, après une longue minute d'immobilité collégiale, commença d'appliquer sur les petits seins très fermes de Danielle de tièdes baisers. C'était sucré, très bon, mais quand son corps à elle recommença à respirer, ce fut bien meilleur. Il caressa le ventre et les hanches.

Danielle, alors, le serra très fort.

Si fort, qu'il l'aime encore.

Et il se demande vraiment, chaque fois qu'ils s'appellent, si elle se souvient de cette nuit, si elle sait tout ce qu'il lui doit. La nuit où il est devenu un homme.

Sainte-Perpétue – Joliette
décembre 1991 – janvier 1992

La maîtresse de mon père

On a parfois le réflexe de frotter vigoureusement une section plus sale avec l'aspirateur comme on le ferait avec un chiffon sur une tache rebelle, mais on réduit alors l'efficacité de l'aspirateur plutôt que de l'augmenter.
En utilisation normale, si vous réduisez votre vitesse de passage tout en revenant moins souvent sur chaque section, le nettoyage prendra le même temps, mais vous aurez ôté plus de saleté et au prix d'un moindre effort ! Faites-en l'essai une seule fois et il est fort probable que vous constaterez vite la différence.

Revue *Protégez-vous*
Test sur les aspirateurs verticaux
Septembre 1990

Après tout tu t'en fous tu savais qu'la vie est dégueulasse que l'amour dure toujours et qu'c'est là qu'est parfois l'angoisse.

Renaud Séchan
Me jette pas

153

I

Il m'effleure le coude. Il m'entraîne dans cette pièce moisie et exiguë qui fait toujours office, selon sa propre expression, je le précise, « de cuisine d'été tout à fait remarquaaable ! » Il a raison.

Il s'assure que mon projet de fêter mon vingt-cinquième anniversaire en Europe tient toujours, et pourquoi donc au fait, fils ? mais je sais qu'il se balance du pourquoi. Il approuve unilatéralement ce voyage : si j'en ai eu l'idée et si je peux, d'une manière le moindrement honnête, en trouver les moyens, voyons, voyons donc, il faut partir, et maintenant.

— Ça forme, tu sais, les voyages, fils... Ça fait vieillir et ça forme son homme.

— Je sais..., papa. Ne m'appelle plus fils, O.K. ? Figuretoi que j'ai besoin de... de m'identifier, disons, et que ça m'aiderait si tu y mettais du tien.

Il approche deux berceuses et s'assoit devant les carreaux brisés de la fenêtre qui donne sur la clôture penchée, le foin en broussaille, la bécosse gardée pour le rustique et le lac. Sa main et sa voix tremblent, ça m'intrigue.

Le vent se lève et les murs gémissent. Les bouleaux se pâment vers la crique. La pluie martèle la tôle du chalet et très vite résonne dans le fond de la cuve rouillée logée sous la plus importante fuite de la toiture. Le toit, cette passoire, nous dégouline dessus, et papa trouve évidemment notre douche fort instructive. Il sort son carnet avec précaution, mouille le bout de son *Bic* et note quelque chose.

J'ai les deux pieds dans la flotte. Je porte bien entendu l'une des hautes paires de bottes de caoutchouc réservées à la visite. Ça dépare les robes du soir de celles qui s'attendaient à « autre chose, comme maison de campagne de l'architecte Rousseau... », c'est vrai, « Ça scrappe un look », dit papa, mais vaut mieux les bottes.

À l'extérieur, une bourrasque plus violente renverse la balançoire de bois. L'un des montants se fracasse.

— Ah... Exit, la balançoire, constate Rousseau lui-même, papa, mon père, lui.

Il note autre chose. La gravité un rien composée avec laquelle il se penche sur ce carnet attise chez moi une jalousie qui m'énerve assez.

— Faudrait finir par boucher quelques-uns de ces trous, p'pa, tu penses pas ?

— Hum ?

— Les trous... Au plafond... Boucher. Obturer, colmater, aveugler, occulter. Barbouiller de quoi dessus, peut-être, je sais pas. Et changer la cuve, aussi, pourquoi pas ? ce serait une bonne idée. Je m'en charge si tu veux...

Pas de réponse.

— Et bouter le feu dans le *shack* avant de le recevoir sur la tête.

— Hum ? Non... ça va. Ça va de même, fils... Te remercie.

Il referme son carnet de merde. Il jette un coup d'œil, je ne me trompe pas, satisfait, à la ronde, sur son chalet.

Misère.

Je suis ici sur un domaine de huit ou neuf arpents carrés où, malgré ses réticences, papa réussit à traîner maman un week-end sur deux depuis mon départ de la maison. « Une enclave de liberté dans le monde en prison ! » claironne-t-il à tout citadin qui veut l'entendre. Une sorte de camp retranché où il peut enfin laisser libre cours à cette apparente oisiveté qui caractérise désormais sa demi-retraite. « Mon havre à moi ! »

En réalité, ce chalet bringuebalant est un prétexte pour mon père : il ne nous trompe plus, nous, gens de son sang. Sa maison de campagne est pour lui le dernier lieu — lieu bénit — d'une rectiligne inaction physique ; un îlot de flemmardise dans l'acception la plus constipée du terme. Papa s'y laisse dominer par une fainéantise absolument admirable dont il se targue sans pincettes ; une paresse qu'il tient sans doute de ses bienheureux ancêtres du midi de la France, ceux que Pagnol a immortalisés en état de sieste, troublée à l'occasion par un repas bien arrosé, ou par la traite de la vache, ou *par-une-rumeure-qui-peuchère-courrerait*, ou par un repas bien arrosé, ou par la traite de la vache, ou *une-rumeure...*

Le projet de mon père est confondant de simplicité : au chalet, il se branche sur le rythme des choses. Et ainsi branché, il laisse tout naturellement la propriété à l'abandon, comme à la merci de la durée, oserai-je, pour évaluer d'un samedi à l'autre le passage du temps et ses effets, si infimes soient-ils, si ridicules, et surtout si vains à inventorier : comme passer sa vie embusqué devant un miroir en guettant l'apparition des rides. J'imagine les *Arpents verts...* Monsieur Douglâsse ramassant dans son champ de roches la vaisselle qu'y jette quotidiennement et avec majesté Zsa Zsa Gabor ; pauvre monsieur Douglâsse, scrutant l'horizon en espérant que poussera sous peu dans le chiendent un pois de senteur, un épi, un tracteur en état de marche ou, plus simplement, quelque chose.

Outre noter l'évolution du délabrement — ce qui n'est quand même pas donné —, mon père ne commet, en ces lieux, aucun geste propre à modifier ce qu'il nomme avec un naturel douteux : « la dérive du perceptible ».

Misère.

Il refuse d'intervenir, voilà la triste et bête réalité.

Il tient sa place chaude sur le rocher le plus plat des abords du torrent, il attend les débris, il regarde passer les épaves, et il se contente de noter. Voilà.

Mais pour noter, ça, je le mentionne en appuyant sur chaque syllabe, il note.

En fait, je ne connais guère de paresse plus besogneuse que celle de papa. Il consigne tout. Il écrit : « Il aurait fallu refaire cette paroi le mois dernier. » Il écrit : « Il aurait fallu poser des drains à l'automne pour éviter une autre inondation de la cave. » Il écrit : « Elle avait raison : j'aurais dû acheter du poison à rat. » Il est dingue.

— Ce *shack*, comme tu dis, fils, va s'effondrer avant ou après moi, je le sais pas, je veux pas vraiment le savoir, mais personne va trafiquer nos toitures, compte sur moi.

J'expire profondément et, je l'espère, ostensiblement.

— Ouais ben mon Douglâsse, ça s'améliore pas, toi, hein ?

Il regarde le plafond et sourit. Mon architecte de père, tête de *gyproc* bourrée de plans audacieux, mon papa qui risque sans vergogne la vie de tous ses invités en les conviant à partager pain et houblon dans ces ruines, ce père dont on s'arrache encore les services consultatifs et ô combien prohibitifs dans une demi-douzaine de pays qu'on dit développés, sourit devant la prévisible et vérifiable décrépitude de son chalet de bois rond. C'est touchant. Je suis sincère.

Un sympathique jeune homme de *Décormag* a un jour téléphoné dans l'espoir de réaliser un reportage photos sur le chalet. « La maison de campagne de l'architecte Rousseau !

a-t-il lancé au téléphone, on m'a dit qu'elle était somp-
tueueueuse, en tout cas remarquaaable... »

Papa, mon Dieu comblé, a dit Oui, c'est tout à fait vrai,
c'est rigoureusement exact, ce chalet est remarquable. Il a
demandé qui l'avait renseigné et il a accepté l'interview.

Ils se sont rencontrés à la campagne par un innocent soir
de juillet mais le reportage n'a jamais paru. Papa estime
qu'en vertu de l'essence de son projet, à cause de cette
flamme qui de toute évidence l'anime, lui, mais « dont la
chaleur ne peut être ressentie par le commun des mortels,
c'est peut-être normal... c'est sûrement mieux ainsi... », ce
n'était sans doute pas la bonne revue.

Après un silence, les yeux rivés sur le lac, la voix en filet,
très pâle la voix, ça m'apeure, papa me demande de porter
pour lui un message en France à une femme dont je n'ai
jamais entendu parler, que je ne connais pas, que personne
ne connaît.

— Je ne peux pas dormir très souvent avec elle, tu comprends ? Ça m'attriste. Quelques fois par année seulement.
Deux ou trois voyages. Tu comprends ?

Il choisit ses mots, il ne veut pas m'effrayer.

Je ne suis pas effrayé, papa, je suis vissé au mur.

Il précise que jamais il ne ferait le moindre mal à ma
mère.

Jamais.

*   *   *

Dans la remarquable cuisine d'été, entouré de lézardes
qui épient ma réaction, les pieds enfermés dans des bottes
noires et molles, bardé de frissons qui me tiennent les poils
au garde-à-vous, voici la vigueur du premier orage de mai sur
mon âme égarée dans les murmures de mon père. Tant de

murmures. La moiteur de l'orage. La mienne. L'eau dans la cuve. Mon cœur dans un virage en épingle, avant la chicane, à l'entrée des puits, mon cœur. La balançoire fracassée. L'eau dans la cuve. La surprise.

Ainsi donc, papa... Ainsi donc.

Mon pauvre papa... Je sais bien que jamais tu ne ferais le moindre mal à maman. Jamais.

Ton Hélène, ma mère, ta femme, est là, tout près, juste à côté, s'approchant doucement de Lucie, mon amie, mon amie qui ce soir, c'est extrêmement bizarre, se laisse approcher. Je les entends papoter. Maman expose à Lucie son avis à propos de la friabilité des pâtes à cuire et des hommes. Des précautions à y mettre. De la décision de les faire. Elle rassure Lucie sur l'état général de la propriété, sur la solidité de ces étonnantes structures enchâssées, et celle des pattes de la table en chêne, quand tout s'effondrera, bien sûr, surtout réagir vite. Elles rient.

— Une maîtresse, p'pa ? T'as une...

Il pose sa main sur mon genou. Je me tais je me tais.

Je sais peu de choses à dire devant la main de mon père sur mon genou, je n'y peux rien.

Alors, envie de boire.

Avec mon père, j'ai sacrément envie de boire.

Cette chiotte déglinguée abrite ce soir la plupart des êtres que j'aime, ces femmes superbes de tendresse rient, juste à côté, malgré notre présence dans leur vie, le père a une maîtresse, et la main du père est posée sur mon genou.

Alors boire.

*   *   *

Au courant de ma situation financière toujours va-savoir-pourquoi périlleuse, peut-être parce que tu préfères changer de sujet, tu sors de ta poche deux enveloppes toutes prêtes.

Dans la première, sept cents dollars, paf, de ta main à la mienne, tes yeux marrons dans mes verts, sept coupures.

Dans la seconde, cachetée, le message.

— N'insiste pas, fils, tu te la boucles.

— Je n'ai pas l'intention d'insister, papa, je me la boucle. T'as rien à boire, ici ?

— Imagine que c'est un cadeau d'anniversaire, que je tamponne le billet ou que je paie le taxi jusqu'à la gare de l'Est... Imagine quelque chose... T'es mon seul fils, fils.

Je savais bien qu'il m'offrirait du... tangible. Mais maman, dans cette saloperie, comment ça se passe ? Mais j'avoue : j'y comptais sur ce... tangible : il permet au moins dix jours de plus, me rendre à Besançon, voir Olivier, et peut-être gagner Genève avec lui et sa copine. Mais une maîtresse, depuis combien de temps ? Il fait durer ça depuis quand ? Mais sept cents douilles, sept cents, même si lui ça ne le crève pas une miette, c'est une fortune pour moi, c'est plus que..., c'est plus que beaucoup.

— Ne m'appelle plus fils, papa.

Je regarde l'armoire à sa gauche.

— T'as de quoi qui se boit, pas loin ? Quelque chose d'appuyé... Si tu jetais un coup d'œil dans cette armoire ?

Est-ce écrit dans ma face que je ne le jugerai pas... Comment sait-il que je ne le jugerai pas ? Où a-t-il trouvé le temps, cet homme de fin de vingtième, d'apprendre qu'il faut précisément s'en tirer sans juger ?

Mon pauvre papa... J'empoche l'argent et je glisse l'enveloppe sous ma chemise.

— Tu m'achètes ?

Il observe un moment la pluie sur le lac. Il se retourne vers moi.

— Je peux pas dire...

Il regarde à nouveau le lac.

— Peut-être... Je peux pas dire... Mettons... Han-han.

Il fait le compte des secondes entre un éclair et son tonnerre.

— ...cinq, six...

La cabane tremble sur ses fondations — ce qui est déjà beaucoup lui consentir, des fondations, à cette petite.

— Me sens bien que tu saches, fils, murmure-t-il. Et bien de te dire que je me sens bien que tu saches. Surtout.

Il lance le bras vers l'armoire, à sa gauche. Il ramène un rouge et deux coupes. Riche idée, père. Il ouvre le rouge. Des gestes secs et assurés.

— Surtout..., répète-t-il.

Ma main, sous ma chemise, est au boulot, triture l'enveloppe, plie le coin, déplie le coin.

— Bon..., bon, établit-il en versant le vin, jusqu'à ras bord, comme d'habitude, je me demande tout le temps si c'est pour indisposer celui qui doit la saisir, mais il s'impose le même traitement, alors.

Je me penche vers la coupe. Je lape. Lui aussi. Nous les prenons.

Ouais... C'est un vrai homme qui se berce là, sous mes yeux, je crois, je crois bien. Après la première gorgée, je lève mon verre, je cogne, je trinque de bonne foi avec un vrai homme, mon père, un homme de bonne foi dont je suis le fils, han-han, un fils qui n'a de leçon à donner à personne à propos de l'amour et du désir. Mon autre main tord un autre coin de la lettre, évidemment.

161

D'accord papa, je n'en soufflerai pas un mot à Lucie, si tu veux, c'est entendu. Pourquoi ? Oui papa, une amie. Une excellente. C'est tout. C'est beaucoup. Non papa, pas une intime, une personnelle, une amie personnelle. Je sais que ça fait déjà un moment. Il était temps que je vous l'amène. Je sais. Recommence pas, tu veux ?

Dans la voiture, au retour, je me questionne sur les risques qu'il encourt. En s'en remettant totalement à moi, il se livre pieds et poings liés à ma discrétion. Est-ce à dire qu'il tenait à tout prix à ce que quelqu'un sache, ou que *je* sache ? Ou alors il a déjà tout avoué à maman, et pour une raison ou pour une autre, il me fait croire que mon secours lui est nécessaire. Je deviendrais une de ses expériences. Peut-être prend-il des notes sur mes réactions. Le salaud en est bien capable.

— Moi aussi j'ai aimé la soirée. Content que t'aies apprécié. C'est vrai que maman est charmante, dommage, elle est mariée... Mais si, tu lui plais beaucoup, tu lui plais tu lui plais tu lui plais, t'en fais pas... Non, on enlève les bottes seulement quand on sort, tu vois, on les garde propres pour en dedans. Tu as raison. Je me crois impayable.

II

Cette femme. Sa maîtresse. Jolie. Belle, plutôt. Brune et profonde, vive et sûre dans la démarche et l'allure, jusque dans ses hanches, posée, mais agitée dans ses fonds, et ne le dissimulant pas. Un peu maigrichonne peut-être, les joues légèrement creusées, mais très très française, la voix qui chante haut, comme un goglu à la pariade, tendre et douce en même temps qu'étrange et lointaine, une femme plus vieille que moi, sans nul doute, mais assurément beaucoup plus jeune que lui, glissée entre nous, en quelque sorte, dans l'âge. Elle me délie, cette femme. Ses chevilles en boutoir sur mes portes d'Amérique. Ses mains travaillées, finement tordues, hameçons auxquels mes paupières se fichent. Séduisante à m'en redonner le goût du séminaire, quand chaque baiser était un bonbon nouveau. Sa maîtresse. Une chanson. Une eau.

Nous nous rencontrons sur le Pont-Neuf. Il vente à écorner les bœufs. Elle tient d'une main le chapeau qu'elle a spécifié qu'elle porterait. Elle sait que je suis le fils. Sans doute une photo.

Je lui remets l'enveloppe aux coins racornis et je cache rapidement mes mains dans mon blouson pour éviter qu'elle devine que c'est moi l'auteur des coins. Elle regarde longuement l'écriture de mon père. Elle n'ouvre pas la missive. Elle étend le bras et l'enveloppe aussitôt flotte dans la Seine, vers le Grand Palais, là-bas, merde.

Je regarde s'éloigner mon père à la surface du fleuve sale. Vu son absence, j'apprécie tant que je peux, à sa place, l'inopinée dérive, et la lenteur du courant me permet de réfléchir à ce qu'il faudrait que je dise.

Je prends soudainement conscience qu'elle l'aime passionnément, cette grande dame ; elle ne fait pas que lui permettre cet aquatique linceul, elle pousse l'amour jusqu'à le lui offrir.

Je ne veux pas être en reste avec quelqu'un qui aime le même homme que moi, oh non, je travaille à la bonne formule. Après trente secondes, un peu hors d'équilibre — mais je pense que c'est à cause du vent —, je lance: « Ah... Voilà un mot qui tient l'eau. C'est pas le cas de tous. »

Je suis plus ou moins fier de ma réplique. Je hausse les épaules et j'ajoute : « C'est ben de vos affaires... » Je m'espère à la hauteur.

Elle n'a aucune réaction. Elle demeure penchée vers la Seine, vers papa.

Un bateau-mouche fonce sur l'enveloppe. Papa coule, ou demeure plaqué à la coque, je ne sais pas, en tout cas je ne le vois plus. Le vent lui-même, respectueux du traumatisme évident que le naufrage de mon père provoque chez moi, tombe d'un coup.

Elle se redresse enfin. Elle me regarde. Elle part. Elle ne propose rien, alors bien entendu je demeure rivé à son ombre. Nous marchons, moi un peu en retrait. Au bout de quinze minutes, elle ralentit afin que nous allions ensemble.

Elle en a eu marre de cet amour à distance, je pense, et du secret, surtout ; de la bêtise torride de la distance, et de la logique immonde du secret et du mensonge. La décision — je veux dire larguer tout ce qui de mon père pouvait surgir — devait être arrêtée depuis un certain temps. C'est ainsi. Elle fait son deuil en un seul coup, comme une molaire qu'on arrache.

Je tombe très vite amoureux de cette femme, des rives de sable pierreux qu'elle parcourt seule en elle. Le phénomène mérite une assez grande attention, je crois, car elle tombe elle aussi amoureuse de moi, de ce que je transporte sans le voir et le savoir. Follement éprise. Sur les quais. Dans la tranche et l'odeur des livres usagés. Comme ça. De moi.

Notre amour, j'en suis persuadé, est visible de loin, car même pour nous qui marchons pourtant côte à côte, il est limpide. Elle ne m'a presque pas regardé, mais elle sait. Et de suite, dès ces premières foulées, avant même de connaître mon prénom, elle insiste pour ne rien dissimuler de ce qui survient entre nous, pendant cette balade. Rien, à qui que ce soit. Elle crache par terre.

— C'en est assez..., les secrets... Ça va bien faire, vous comprenez ? Surtout ceci. Entre nous. Que ça existe, que ça puisse naître dans un éclair. Il faut le dire. Ne plus dissimuler. Vous comprenez ?

Elle prend mon bras.

Bien sûr je comprends. Je suis un peu sous le choc, mais je ne fais pas de manières, je comprends.

Nous voilà chez elle, rue de Vaugirard, où elle prend son vol. Elle fait l'amour en dentelles, dès ce premier soir, les yeux bien ouverts et recouverts de cette pellicule diaphane que les imbéciles nomment des larmes, cet écran lumineux dont je ne saurai plus me passer, je le sais, et qui pourtant m'emprisonne hors d'elle. Deux fois par année le corps de mon père ne lui suffisait pas. C'est une femme qui meurt de prendre, mais également d'être prise. Voilà la vérité. C'est un être humain qui ose l'afficher.

Me voici propulsé poussière dans sa nuit de marbre, chandelle tremblotante, veilleuse qui répand autour de cet être très humain sa lumière incertaine, nouvel et vigoureux amant fils qui suit le père et que le père poursuit.

— Pardonne-moi... Quel âge as-tu ? Pardonne-moi cette distance, déjà. Tu aimerais vivre à Paris ? Pardonne-moi tout ce que j'ignore et un peu ce que j'oublie. Pourrais-tu imaginer que je me serve de toi, que je puisse vouloir me venger ? C'est possible que tu puisses l'imaginer, mais je ne veux pas me venger. Crois-moi, d'accord ? Ce serait si simple, si tu me croyais... Ou alors, laisse-moi te rassurer avant que tu n'aies peur.

Fiou.

Ça vole haut, ça, je le jure, la première nuit...

Je pense que je vais respirer calmement, profondément, pendant quelques minutes.

Mais je la crois... La respiration n'y fera rien. Pas plus que le temps.

Décidément non : le temps n'y fera rien.

Je crois cette femme. Je crois le goût de sa bouche quand elle la rive à la mienne, je crois son odeur et je crois le son de sa voix. Elle ne veut se venger de personne. Elle n'est pas femme à chercher sur qui devrait rejaillir la faute.

Il me faut sérieusement réfléchir.

Arrêter une seconde et fichtre réfléchir.

*　*　*

J'ai étudié à Paris il y a une dizaine d'années, à l'âge ingrat entre douze et quatorze.

Quelle guigne, à l'époque, ces contrats en série, la famille dans les malles, le lycée Condorcet, la bouche en cul-de-poule et l'accent contracté pour déjouer les projecteurs braqués sur moi et les remarques qui viennent avec. Je te jure, papa, la bêtise française et la québécoise, dans le béton de l'adolescence et longtemps après, polyvalentes ou lycées, graine de bum ou potache de la zone, c'est quatre trente sous pour une piastre, des clones, des cruautés jumelles, bouillies dans le même chaudron.

Pourtant, à son bras à elle, Paris se mue en cité de tous les baisers, ville où son rire me fait dresser sur une seule roue, dans mes veines, ville où sa jupe plane en rase-mottes à la verticale des rues étroites, dans les corridors des faubourgs, sur les pavés, devant les cuillères de mes yeux, ville où je veux tout à l'envers, papa, les mottes de tourbe côté soleil, des limaces topless qui se dorent la couenne, l'Élysée en marché aux puces et Eiffel fichée dans le béton par son antenne, tu vois le genre? ville où rien, sinon mes tristes migraines, n'impose de limite à ce que je peux encore une fois imaginer possible en ce monde de glaçons concassés.

Je ne distingue pas l'extrémité de sa main, papa, c'est pas des blagues, j'ai beau me frotter les yeux avant et après m'être envoyé en l'air, dans la Ville lumière je ne vois pas le bout d'elle, ses doigts se perdent dans l'ombre, ses ongles se fondent dans le nowherc de ses caresses, où j'aspire à m'égarer, cent fois plus une, long subway humide où je m'abandonnerais n'importe quand, en électrocution permanente, et je mets tout cela par écrit, papa, c'est reparti comme en quarante, je cristallise : poèmes alambiqués comme je sais seul les pondre, pentamètres montés en neige, légos du cœur, je lui écris et je glisse mes châteaux de cartes dans son sac, ses poches, ses tiroirs, ses dessous parfumés au *Lutèce*, qui me font pâlir les os, qui m'excitent la moelle et me la font bien entendu durcir, est-ce possible que je te l'avoue ici, papa? Comprendras-tu?

* * *

Besançon et Genève? Mon cul.
Nous n'avons pas quitté Paris depuis cinq semaines.

Nous avons parcouru la Cité en long et en large, et à cause de cette ville, à cause du souvenir qui, sous mes pas, s'est composé, enraciné, à cause du souvenir que je n'ai consenti à basculer par-dessus aucun parapet, souvenir que j'ai tiré avec moi, ponctuellement, et que je me voyais vivre, à mesure, à cause de l'oubli que je me suis sciemment refusé, à cause de la maîtresse de mon père aussi, bien sûr, et sans doute à cause de ce tout sémillant quart de siècle qui peut-être a fait tourner mon sang et brouillé mes propres pistes, j'ai ressenti que cette femme est la seule que je pourrai de toute ma vie aimer, qu'aimer signifiera l'aimer elle, papa. C'est tout.

J'attendais cette femme. Je suis sain d'esprit et persuadé que si ce n'est elle, ce ne sera personne.

Tout l'amour du monde, ou plutôt tout l'amour qu'il m'est donné, à moi, en ce monde, d'atteindre, crèche en transit, honoré autant qu'ignoré, dans le corps de cette créature. Parqué pour cent mois, l'amour, le temps qu'à ses côtés il se transforme en quelque chose de vaguement éternel, ou cent ans, le temps qu'à ses côtés je m'éteigne. C'est tout. Je n'en ferai pas une histoire, tu sais : si ce n'est cette femme, ce ne sera personne. Et ça n'a rien de navrant, rien à voir avec la résignation. D'ailleurs, il y en aura d'autres, si ce n'est elle, c'est l'évidence, et quelques si douces, et d'infiniment apaisantes, mais nous ne parlerons plus d'amour parce qu'elles et moi, elles comme moi, j'en suis persuadé, n'en pourrons plus parler. Il y aura d'autres mots, papa, pour ce qui alors nous animera. Je ne parlerai pas d'amour deux fois... Il vaut mieux, dans mon cas, vivre du souvenir de l'amour, plutôt que de croire possible de le recommencer. Et je ne m'arrimerai assurément pas à ce monde pour marcher à nouveau dans mes traces... Je le crois singulier, l'amour, papa, pas du tout pluriel, et tu es certes pour quelque chose là-dedans.

Alors cette immense plaine, en moi, ce pourtant si petit lieu, pour l'amour, nul ne pourra l'occuper comme elle, je ne laisserai personne y parvenir, tu comprends ? Si cette femme devait cesser d'exister, c'est que je serais allé au bout de l'amour qu'il m'est donné d'atteindre, et je passerais le témoin, j'irais essayer ailleurs, autre chose, il y a tant de zones à tenter d'éclairer.

Et je ne suis pas à plaindre, merde. Je suis un veinard. Mets-toi ça dans le crâne.

* * *

Cette durée qui t'obsède, elle ne me laisse pas beaucoup de répit, à moi non plus, ne crois-tu pas ?

Tu es là dans la chambre, papa, rue de Vaugirard, 43 bis, au second, dans le fond de cette improbable chambre tu es là, dans ce lit où tu as dormi tu t'agites avec moi, tu cherches avec moi le sommet de cette femme, tu haches comme moi ton corps, le noues et le tresses, tu en fais comme moi une passerelle, un pont pour elle, suspendu, projeté dans les lianes épaisses, vers sa cime.

Je sais que tu es là, papa.

Si le ciel nous guide, ce soir, encore une fois ce soir, oui mon père, repose ta main sur mon genou, et toi aussi, Dieu, arrête un peu ton char et prête-le donc une bonne fois, ce bras, pour déchirer la brousse devant cette femme, pour qu'un instant je sois le cornet de sa voix à elle, que ses cris jaillissent, et si cela m'est accordé, pour lui éviter les anfractuosités les plus évidentes, l'escorter au plus haut, l'accompagner jusqu'au faîte.

Oui, père.

169

Si elle veut bien me permettre d'entendre sa voix puis ses cris, si elle s'ouvre suffisamment pour me laisser glisser le long de ses parois, jusqu'au fond d'elle, respirer cette haleine torride que depuis les blés de mon enfance je sens faire partie d'elle, si elle parvient à se vaincre et à ne m'en rien cacher, je trancherai ces lianes, papa, j'écraserai les pousses et scierai les troncs, je dégagerai sauvagement la piste devant elle, tu peux être certain que je serai très sauvage, et puis tout là-haut, à une coudée du ciel, je déposerai le palanquin, je redeviendrai moi, je me glisserai vers les cordages, je repartirai sans heurt et sans bruit, je redescendrai l'attendre. Et demain je remonterai.

Est-ce que c'est assez clair ?

Je remonterai.

Je l'aime plus que ma vie, papa. C'est la seule femme que je pourrais de mon vivant quitter, j'en ai la désarmante certitude, la seule pour laquelle je consentirais à m'effacer, pour l'amour, pour le lieu qui entre nous, peut-être sans nous, naîtra. Pour elle et pour ce que j'ignore de nous. Un hommage horrible à ce qu'il nous est impossible de discerner dans les flaques et qui tout de même gigote entre la terre et le ciel, dans l'eau de nos corps, sans doute.

Comme on peut aimer, papa, quand l'amour est au centre. Plus rien ne compte. Comme c'est facile et bon de se laisser prendre et défoncer.

*   *   *

Je déconne, ma foi. Peut-être je capote, hein papa ? Je m'emporte. Comme en érection sur l'essence de l'être. Peut-être. Tu as raison.

Le vieux pont Mirabeau cache le soleil, mon vieux père. Ses nymphes verdâtres soufflent à en crever dans leurs trompettes et j'ai soudain très chaud, à son bras à elle, je suffoque presque. Je le lui dis. Elle propose d'aller m'acheter une glace ou quelque chose de froid, elle part, elle s'éloigne, je ne la vois presque déjà plus, mais c'est pour me laisser seul qu'elle va, tu le sais aussi bien que moi.

Oh oui je déconne... C'est très très agréable.

Il est des moments pour l'amour, et d'autres pour l'aveu. Les seconds, cher père, se disloquent parfois, c'est bien ça? et ils s'effacent? Ils se glissent pour s'y perdre dans les replis des cuisses et des genoux qui se frôlent une autre fois pour la première fois. Les pales de la mort tournent dans les nébuleuses, papa, comme les hélices d'un coucou tout juste bon pour la ferraille, un CF-315 qui, de dépit, au dernier vol, avant la lourde bâche noire, piquerait vers la forêt en flammes, vers les corps soudés, n'est-ce pas? Et c'est le crash? La mort, comme un moulin à faucher dans un pâturage, comme une tondeuse animée, une Lawn-boy débile, tu imagines? dans ton semblant de pelouse, au chalet. C'est bien ça?

Dis-moi. Me ménage pas.

Mais, père, toute cette emphase, ces inventions, ces prouesses, ces acrobaties, tous ces verbes autour de l'amour, c'est quand même incroyable, non?

*   *   *

Demain sera un jour bourré de lettres. Je retourne à Trois-Rivières demain, te voir, te dire, te donner des nouvelles de notre belle. Je m'en vais accrocher des mots, en y mettant ces formes que je déteste, sur ce que tu sais déjà, sur ces mâts que tu as élevés, dont tu as toi-même malaxé le ciment de la base. Tes notes, à cette heure, sont sans doute nombreuses.

Nous avons vu clair, cher père. Nous nous sommes demandé quel rôle tu avais joué dans notre liaison. Tu l'as espérée et mitonnée, n'est-ce pas ? Nous le savons très bien, salaud. Tu as tout fait pour toi-même passer. Sur la rivière ou le fleuve, devant nous, dériver. Comme si tu nous offrais le temps.

Salaud.

*   *   *

Fiévreux, encore en sueur, nous ressortons marcher.

Je tiens son avant-bras, je m'agrippe à elle autant que je peux, je prends mon élan et crache dans la Seine aussi loin que je peux. Elle crache plus loin que moi, sans élan, je ris. Je glisse à son oreille des grivoiseries que je me figure assez relevées.

Sous le poids de mes chuchotis, cuirasse de soie aux déchirures béantes, elle cède tout de suite, elle serre mon bras, elle se presse tout contre moi, je pense qu'elle désire me protéger un moment. Elle murmure à son tour des gauloiseries qui touchent la cible, je le certifie. Elle extirpe de son slip un mot doux qui sent ma main. C'est un quatrain déconcertant de fadeur, plat et délavé, qui cependant sent ma main, et j'ai l'impression que ça sauve ma poésie. Elle saisit ma main. Elle la respire à fond. Elle se hisse le long de moi et sa langue mouille mon cou, mes joues. Je vais dynamiter le musée d'Orsay. Elle soupire : « Tut-tut... N'incendie rien, relaxe-toi... Rien d'excitant comme ta main qui sent mon sexe... » On se retourne sur les quais, sur nous. Elle effleure des lèvres chacun de mes doigts. « Ta main, mon vieux, du grand art... » Je hais tous ceux qui se retournent. Elle dépose ma main sur son sein droit et l'y maintient. Elle parcourt à nouveau le mot. D'abord elle feule pour elle-même et ensuite elle répète à voix beaucoup trop haute les mièvreries qui fleurent l'amour. Je devine son regard de saule posé sur ma tempe, ces cris qu'elle désire lancer très haut. Les passants me dévisagent. Je ris et rougis, je crois. Je fixe un point gris, droit devant moi, sans doute un pont. Ses doigts se logent dans la poche de mon jean. Nous accélérons le pas. J'encule les passants. Elle murmure des saloperies. Je bande. Je m'agrippe. J'ai vingt-cinq ans.

Charles-de-Gaulle dans douze heures, Mirabel dans vingt.

Sainte-Marcelline – Joliette
mars 1991 – janvier 1992

Vois-tu, c'est ainsi que l'homme apprit autrefois tant de choses, dans ses forêts anciennes. Il errait seul et il ne savait où aller. Alors il prenait le temps de s'accroupir pour regarder vivre le ciel. Et s'il entendait la voix des bêtes ou du vent, celle des eaux et celle des ramures, il les écoutait jusqu'à les connaître.

Yves Thériault
Ashini

NOTICE BIBLIOGRAPHIQUE

Les nouvelles suivantes ont déjà été publiées, toujours dans une version différente : « Manuel d'abandon (?) de carrière (?) » dans *XYZ,* n° 25, printemps 1991 ; « La scène de la puff » dans *Ciné-bulles,* vol. 10, n° 4, juin 1991 ; « L'effigie oubliée » dans *Mœbius,* n° 50, automne 1991 ; « L'idylle » dans le collectif *Complicités,* coédition PAJE/Stop, 1991 ; « La Femme-Subaru » et « La penderie » dans *Stop* n° 123, janvier-février-mars 1992. « 343 Nord » a obtenu le second prix du concours *Nouvelles Fraîches 6* (UQAM, 1990) ; le texte de *La quête* de Jacques Brel est utilisé avec l'autorisation de madame Jacques Brel (*La quête,* Jacques Brel © 1968).

L'IMPOSTURE

DÉROUTES

LA POSTURE

ACHEVÉ D'IMPRIMER
EN SEPTEMBRE 1993
À L'IMPRIMERIE D'ÉDITION MARQUIS
MONTMAGNY, CANADA